当代作

# 故乡山月明

陈晓晖 著

民主与建设出版社
·北京·

图书在版编目 (CIP) 数据

故乡山月明 / 陈晓晖著 . -- 北京：民主与建设出版社，2022.8

ISBN 978-7-5139-3905-8

Ⅰ. ①故… Ⅱ. ①陈… Ⅲ. ①散文集－中国－当代 Ⅳ. ① I267

中国版本图书馆 CIP 数据核字（2022）第 128827 号

故乡山月明

GUXIANG SHAN YUEMING

著　　者　陈晓晖
责任编辑　周佩芳
出版发行　民主与建设出版社有限责任公司
电　　话　（010）59417747　59419778
社　　址　北京市海淀区西三环中路 10 号望海楼 E 座 7 层
邮　　编　100142
印　　刷　三河市同力彩印有限公司
版　　次　2022 年 8 月第 1 版
印　　次　2022 年 10 月第 1 次印刷
开　　本　710 毫米 ×1000 毫米　1/16
印　　张　15.5
字　　数　200 千字
书　　号　ISBN 978-7-5139-3905-8
定　　价　59.80 元

# 目 录

## 第三辑　暖暖岁月帖

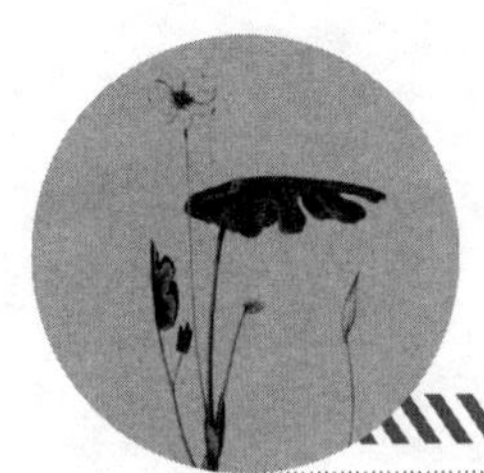

# 第一辑　悠悠旧时光

# 树的力量

我的家乡是潮汕平原上的一座小村庄，坐落于郁郁葱葱的山脚下。小时候，我最喜欢穿梭于山林之间，观察一草一木，迷恋草叶的青绿和清新，枝丫上俊俏的花，树梢上香甜的浆果。

我常立于树下，仰望一棵树的亭亭华盖，蔽日浓荫，感受空气中浮动的清香。每一棵树，都在默默地积蓄力量，根须深扎大地，枝叶擎向天穹，那么伟岸，那么恬静。我喜欢它们静默的样子，喜欢那满树荡着绿意的枝叶，盘根错节却奋力向上的姿态。

如果说，我从树的身上，汲取的是沉静的力量，那么，奶奶给予我的，除了在艰难岁月里为我遮风挡雨之外，还有像树一样的力量，默默的陪伴和无声的爱。我依偎着这份爱，走到了现在。

## 一

长久以来，我总以为，我的奶奶将会像一棵树一样，屹立在我的世界里，永远不会倒下。可是，一棵树有无数的春夏秋冬，而人却只有四季。

屋后山坡，树木年年黄了又绿，而奶奶却已消失在浩荡的尘世间。

我熟悉她的手，有如熟悉我自己的手。她的手，枯瘦苍老，布满老茧，手背像褐色的树皮。那是一双劳作的手，平凡的手，被岁月风干的手。

我曾经被这双手轻轻地牵着，从童年开始。它像丝线一样拉着我，使我在练习飞翔时即使跌落，依然能回到原点。

可以说，我和堂弟都是奶奶一手带大的。

早晨，她喜欢牵着我们上街，买“鱼饭”（煮熟的海鱼），买豆腐花……或者什么也不买，左看看右瞧瞧，慢慢地踱步。村道熙熙攘攘，村民荷锄挑担，陆续向村外的农田走去。“又带两个小家伙出来溜达啦？”“小姑娘，这么瘦小，长得真像‘安仔’（用泥捏出来的小人偶）。”奶奶笑眯眯地回应，一双手有力地牵着我。

童年时光，慢悠悠的，回忆起来是一帧帧温暖的画面。乡野，充满泥土淳朴的味道；山野，是果实的香甜和野花的明媚；家中，有奶奶悉心的关爱。这些都充盈着一颗幼小而快乐的心田。

那时，我们住在一座小小的旧式院落里。小院子是岭南建筑风格，具有潮汕特色的四点金和下山虎混合结构。木梁承重，鱼鳞瓦，鸟翼脊。推开厚重的柴门，一方天井，院风轻拂，沧桑素朴。

夏日的黄昏，村庄渐渐隐入暮色，四周的山野开始暗淡。我和堂弟坐在凉飕飕的石头门槛上，各端着一碗粥，奶奶拿着一个小碗，碗里是一条巴浪鱼，还有切成四小块的水煮鸡蛋。奶奶一边和路过的街坊邻居谈笑，一边慢条斯理地帮我们挑鱼刺。回想起这样的情景，总有一股激流撞击我的心灵。

晚上我跟着奶奶睡觉，每一个厚重深沉的黑夜，我都躺在奶奶的身旁，听奶奶回忆往事，然后被奶奶摇进了梦乡。

幸福的时光从每一天的清晨向黄昏铺展，以至于每个夜晚钻进奶奶的被窝时，我总是微笑着睡去。

## 二

可是，这样的欢乐并不长久，无常忽然而至，把人拽进了苦难的深渊。

有一天，日夜操劳的父亲终于病倒在床上，我从奶奶和亲人们进进出出的焦虑眼神中，隐隐觉察到，父亲病得很严重。

父亲最后的时光，住在老屋小院的厢房里，奶奶每天都过来陪他聊天，经常说着说着，奶奶就哭了，父亲皱着眉，痛苦和无奈深深地锁在他的脸上。我那时才11岁，并不懂得这意味着生离死别。

那年的初夏，父亲永远离开了我们。奶奶天天抹眼泪，已经70岁的她，腰更弯了，脸上的皱纹也更深了，一下子苍老了许多。有时会拉着我的手，哭着说："可怜的孩子，你还这么小，怎么能没了父亲呢？"

可是，上苍听不到奶奶的哭泣。

她的眼泪流干了，父亲却永远也回不来了。

奶奶的眼睛最终也哭坏了，视力严重下降，老眼昏花，距离远点的事物一片模糊。

有一天，奶奶突然问我："假如有一天，你的母亲要带着你改嫁他乡，你是愿意随她走，还是愿意跟随奶奶？"我那时坚定地对着奶奶说："我不会离开这里的，我想跟奶奶一起生活。"

奶奶听了我的话，流着泪说："我不是阻止你跟随母亲，毕竟你们母女连心。但是，你母亲一向不会干农活，以前都是你父亲宠着她，养着她。你如果随她去了那边，情况就不同了，你母亲软弱，又没有奶奶护着你，你一定会受苦的，奶奶真舍不得你受那样的苦。"

我听了这话，全身如坠冰窖，寒得我直打冷战，心里顿感一阵虚空，如坐云端之上，空空寂寂，无处着落，望着奶奶泪流不止。

这是一道人生的难题。对于未来，我开始觉得茫然和担忧，前方有没有路可走，我无从知晓，自己仿佛只是那水上的浮萍，随时都可能被流水带走。

## 三

那一年的春节前夕，母亲想带我走的愿望落空之后，只给我留下十块钱，就独自离开了。

那时，村里家家户户都在准备年货，制作年粿，忙得热火朝天，锅碗瓢盆叮叮当当，人们一边干活一边欢笑。

而我的家，空空荡荡、冷冰冰的锅灶，仅剩几块木柴、十几块蜂窝煤、几个红薯、几袋大米，再无其他值钱之物。这是一间多么令人悲伤的小屋呀，才居住两三年，竟已是物是人非。

茫然，惊慌，无助。我哭了许久，恐惧席卷而来。这个所谓的家，为何如今就只剩下我一人呢？

内心是透骨的冰凉，世界之大，仿佛已无我容身之地，这孤零零一个人，又该何去何从呢？我才 13 岁，根本不晓得一个人的年该如何度过。

我想到了奶奶，仿佛抓住了一根救命的稻草，带着身上仅有的十块钱，一路飞奔到她跟前，尚未开口，已经泣不成声。

奶奶一边流泪，一边安抚我："阿妹，你不要怕，不要担心，你不是还有奶奶吗？只要奶奶有一口饭吃，你就不会挨饿。"

就这样，我留在了三叔的家里，和奶奶、堂弟一起生活。总算有了一个暂时的栖身之所，我觉得生活似乎又有了一丝光亮。

那时，我还不懂得漂泊和故乡的概念，但有一点我是明白的，我的根已经落在故乡的土地里，唯有继续深扎下去，汲取大地的营养，才能得以生长。

或许世间之事，冥冥之中是注定的吧。你没能获得的东西，会在另一个地方，以另外的一种方式弥补给你；你所缺失的爱，又会在另一些人身上，得到另外的一种爱。生活中的得与失，幸福和无常，总是互相依偎，密不可分。

知道我家情况的好心乡邻，跑来我家看望我和奶奶，都忍不住感叹："幸好还有你，要不这两个失去母亲的孩子，真不知道如何是好，有你在，这个家算是圆满了。"

奶奶眼里闪着泪花，脸上却带着微笑："能过日子就好！"

奶奶一向刚强，一辈子蹚过了无数的磨难，中年守寡，在缺衣少粮的岁月里，独自抚养五个儿女成长，经风历雨。眼下，她的生活又有了新的目标，照顾我和堂弟成长，成了她最大的愿望。

那时，奶奶的心里藏了许多的往事和悲伤，我是奶奶唯一的听众。而我的世界没有轰然坍塌，因为奶奶的爱就是我的靠山。

日子开始不紧不慢地过着。虽然清贫，却也过得有滋有味。

学习之余，我在家里绣花。奶奶常常坐在我的身旁，帮我撕下绣好的羊毛衫上面的绣花图纸和垫在底下的白纱布，一边听着收音机里播出的潮剧。

伴着晨风夕霞，我们度过了一个又一个平淡的日常。

奶奶偶尔也外出闲逛，或是找乡邻串门。有时给我带来一块西瓜解暑，或是一碗甜甜的豆腐花、一串葡萄、一盘卤鹅肉……这些都是让我快乐的。每年的夏季，奶奶还时不时地给我捎来几朵散发着幽香的白兰花，那样的时刻，使我觉得生活也是甜香的。

因为长年劳作，奶奶经常腰酸背疼得彻夜难眠，我给她涂药醋时，她总是说："哎哟，我这把老骨头，没用了。"说着，说着，想起了我的父亲，不禁悲从中来，泪如泉涌，开始回忆起父亲的点点滴滴。我听着，听着，心里的忧伤逐渐晕染开来，也跟着悄悄地抹起眼泪。暗夜里，两颗悲苦的心，如风铃一样，互相碰撞，叮当作响。

半山腰的小屋，奶奶和我，伴着四季的风，风悄然而来，又悄然远去，风知道一切。

月亮的清辉洒在我们的身上，无数个闷热的夏夜，我们煎熬着，无法入睡之时，奶奶摇着蒲扇帮我扇风，直至我安然入眠。

相互取暖的那些年月，奶奶手心里溢出的暖意，焐热了我孤苦的心灵，如同寒风中的鸟巢，使我身有所居，心有所依。

母亲，却一直下落不明。

## 四

后来，我外出打工，每逢节假日我必定回家和奶奶团聚，虽然晕车难受，但是，有奶奶在的家永远是温馨的港湾。

有一年，我回家时，奶奶突然郑重地问我："阿妹，有打听到你母亲的消息吗？"我很意外："没有呀，我一直不知道她的下落。"

奶奶叹了一口气："这么多年了，她也不来看你。如果哪一天，她来寻你，你就认了她吧，毕竟是亲娘。奶奶已经老了，能陪伴你的时间不多了。"我望着奶奶浑浊的双眸，伤心得久久无法言语。我发现，奶奶真的越来越老了。

奶奶 88 岁那一年，我租了两居室的房子，把她接到我打工的城市，住了好些日子。这是奶奶第一次出远门，我能感觉到她兴奋的心情。因为村里很多老人，一辈子都没走出一直生活的地方。

我雇了一辆人力三轮车，载着我们去逛街。一路上，我不断叮嘱三轮车夫要小心慢踩，不要颠到我奶奶了。他听了笑话我："还没见过这么老的老人出来逛街的，您这孙女还真孝顺。”

我和瑶妹一起拉着奶奶的手，到海边去看海，吹海风。这是奶奶人生中第一次看见海浪，开心得合不拢嘴。

我拿起相机，给奶奶留下了她垂垂老矣的模样。镜头前的奶奶满脸沟壑纵深的皱纹，还有干皱枯槁的双手，深深地刺痛了我。她真的老了，身子变得很单薄，仿佛一阵风就能将她吹走。

那晚，奶奶很认真地对我说，她不想回去了，要留下来帮我做饭，这样，我下班回家，远远就可看到窗户透出的温暖灯光，进门就有热饭和热菜。

我一听就乐了：“奶奶，您说的可是真的？我白天去上班，您一个人会很无聊的。再说，这煤气炉可不是闹着玩的，我可不许您使用它。”奶奶笑呵呵地说：“我在家里早学会使用煤气灶了，你三叔教过我。我只是老眼昏花而已，身体都还好好的呢！”

奶奶就像一棵树一样，多年以来，她用爱擎起了树的脊梁，用双手撑开丰茂的枝叶，给我遮阴和乘凉，庇护我长大。如今，她已经走到了肃杀的寒冬，只剩下满树的枯枝败叶，却仍想用最后的力量保护我，直至油尽灯枯，零落成泥。

## 奶奶的一生

自我有记忆开始，奶奶就已经很老了。皱纹横七竖八，不规则地布满脸上，不过，头发却是乌黑发亮，奶奶最爱护的也是她的黑发。她喜欢用一个木梳子，把头发从下往上盘起来，用发簪固定，整个人看起来精神焕发。虽然身上穿的是粗布衣裤，但洗得整洁干净。

奶奶五官端正，身材高挑，眼睛炯炯有神，一副清瘦干练的样子。

她出生于民国时期，从小生活在农家，她父亲有一口鱼塘，养鱼为生，生活算是有了保障，吃穿不愁。可是，自从嫁给我爷爷，却受了很多苦。

爷爷是一个没有父母的孤儿，从小勤劳朴实，不善与人交流，只是自学认识了些字而已。奶奶嫁过来几年后，由于村里会计职位空缺，爷爷被村干部看中，给强拉去补了空缺。没想到阴错阳差，这却成了一家人陷入苦难的根源。

工作不到两年，中华人民共和国成立，爷爷因为在国民党统治期间任村会计一职，身份被画上了黑点，不问青红皂白地被列入地主家庭行列。原本三餐不接的贫穷家庭也被洗劫一空，一家人被赶到破陋的房子居住，还得接受不定时的批斗。过不了几年，爷爷的身体被彻底拖垮，郁郁而终。

奶奶总是感叹，说爷爷没有赶上好时代。但是，个人的命运在时代湍急的激流中，根本无法自我掌舵。任何时代背景下发生的一点微澜，于个人而言，也许就是灭顶之灾。

奶奶原本是一个娇弱的女子，却不得不徒手从爷爷身上接过沉重的担子。她的身边，有五个未成年的儿女嗷嗷待哺，而家里已经一贫如洗。孤儿寡母，呼天天不应，喊地地不灵。亲戚纷纷躲避，形同陌路；左邻右舍视奶奶为阶级敌人，儿女们全被当成坏孩子，被孤立和欺辱。

为了生存，奶奶每天饿着肚子，带着年幼的大儿子，即是我的父亲，到田野和路边挖野菜，捡烂地瓜、麦粒、稻谷粒、芋茎、芋叶，等等，饥渴地寻找一切能吃的食物来充饥。

“有一回，我在田地里找食物，翻了半天，也没能找到可吃的，心急如焚。正当绝望之际，我的母亲突然站在我的面前，原来她徒步跋涉几公里的田间小路，偷偷带着一小袋米来找我，眼里噙满泪水，一句安慰我的话都不敢多说，把米放下后匆匆地离去。”奶奶一边说，一边幽幽地叹气。

那是一个多么敏感的年代，接济奶奶这种身份有问题的人，是要受批评的，哪怕她们是骨肉至亲。

后来，奶奶听说远方的深山有好木柴，但走路过去需三四十公里。奶奶喜出望外，不管路途遥远，常常往深山里跑，一担木柴挑到集市即能换回一点米和盐。那时，我父亲经常一同前往，他会摘野生的黄枝子，可以卖一两分钱来补贴家用。这些微薄的收入，却是一家人赖以生存的经济来源。

100 多斤一担柴，几十公里来回的山路，奶奶和父亲半夜就得起床，带上干粮和水壶结伴上路。山上砍柴并不辛苦，最艰难的是返回的路上。昏黄的月牙儿贴在墨色的苍穹下，周围有无数双流泪的眼睛在闪烁，耳边是一声声野狗的悲鸣。他们相携赶路，偶尔能听到对方的肚子发出咕噜咕噜的歌声，饥肠辘辘，疲惫的双腿还不时抽筋，而远方的家就是他们勇往向前的明灯。

有一次，奶奶挑柴走到半路，小腿抽筋了，暮色四合的荒野，寒风裹着细雨。奶奶无助地瘫坐在地上，一边揉小腿，一边惦念着家里的孩子，辛酸无助，泪水潸然。

许久之后，抽筋症状有所缓解，于是匆匆赶往集市，已是晚上九点。收购站的老伯用怜悯的眼神说："我知道你还没来，特地等你，身体要紧，不要太累了。"一边说一边递水给奶奶喝，奶奶感动得热泪盈眶，连声道谢。

奶奶回忆这段往事的时候，不断哽咽。她说在深山里砍柴的那些岁月，太艰难了，但她得到了许多好心人的热情帮助，使奶奶在一次又一次的艰难困苦中，得以平安度过，对他们的恩情奶奶一直念念不忘。

深山里经常有野狼出没，寂静无人的山林中，狼嚎风啸，声声哀鸣，听起来心惊胆战。有一回，奶奶正在砍柴，突然一只动物从高耸的野草丛中横冲而出，把奶奶撞倒在地。奶奶吓坏了，定神一看，发现是一只野山羊，一颗悬着的心才放松下来。幸运的是，那些深山砍柴的日子里，并未和野狼直接会面。说起这事，奶奶一直后怕。

就这样，风里来雨里去，奶奶挑着沉重的家庭担子，在孤苦无助之中，奋力支撑。她像孤独的骆驼，带着儿女们在茫茫无际的沙漠中，寻找百草丰茂的绿洲。

我想，一定是母爱给了奶奶无穷的力量，支撑她蹚过那个漫长寒冷的冬天。她把苦痛埋在心里，把坚强扛在肩膀，用爱为笔，笔端下有繁花和彩虹。

儿女们逐渐成长，因家庭成分的限制，他们不能上学、不能参军，只能在生产队当农民。即使如此，父亲他们还是勤劳干活，受到了队里社员们的称赞。

在奶奶的教导下，儿女们都安分守己，自学识字，阅读各类文学历史书籍。虽然生活环境艰辛，但他们的精神世界却非常丰富。

我的父亲喜欢文学和音乐，通晓古文古韵，村里的潮剧团还请父亲当教练，给年轻人上潮乐课，并担任司鼓领奏；三叔擅长拉二胡和唢呐；四叔最拿手的是吹笛子；姑妈则喜欢古诗词，偶尔自己写些古诗怡情自乐。这些高雅的爱好常常得到奶奶的鼓励，并为儿女们的好学和才华而暗自欣喜。

改革开放之后，在奶奶的带领下，父亲和叔父们承包了山林和田园，开荒垦地，播种了五谷和蔬菜，种植桃、李、梅等各种果树。家里的光景一年比一年好。

奶奶依然节俭，衣服一补再补。吃五谷杂粮、剩菜和剩饭，不允许我们倒掉碗里的每一粒米饭。她说饥荒年代，一米难求，浪费是可耻的行为。

奶奶是一个随和善良的老人。由于早年操劳过度，奶奶的全身关节经常酸痛，彻夜难眠，所以家里常用中草药泡醋来疗伤。这是一味山野很难寻找的中草药，可治跌打损伤和各种无名肿毒。

村人前来讨药醋的甚多，奶奶一直慷慨赠送。时常有一些老人家，前来我家找奶奶道谢，有的说摔伤的地方涂擦了药醋，已经慢慢消肿，即将痊愈了；有的说手指的无名肿痛居然意外好转，欣喜之际，不忘奶奶的赠药之恩。每逢这样的时刻，奶奶总是笑得满面春风，这是“赠人玫瑰，手有余香”之乐趣。

奶奶也是一个懂得感恩之人，邻居只要送来几把青菜，奶奶明天必定还回一个大萝卜。偶尔被他人帮助，还没能还礼，奶奶就会坐立不安，经常念叨，常挂心间。受人之恩，涌泉相报，奶奶一直是这样的人。

奶奶 70 岁的时候，父亲去世了，她哭坏了眼睛；奶奶 80 多岁的时候，四叔去世了，她的眼泪也流干了。她知道她的儿子们，都太苦了，长期以来繁重的农活，已经榨干了他们的身体，终致积劳成疾。这份无法言说的伤痛，对一个年逾古稀的老人来说，是多么残酷的现实。

然，奶奶也已经看淡了一切的生离死别，她的悲苦只对我和姑妈讲。她经常一个人望天，沉思，在阳光下细数逝去的光阴，品尝岁月赠予的百种滋味；也常和乡邻聊天，听潮剧，心态乐观豁达，静享晚年。

我搬进新房那年，奶奶 91 岁，我把她和三叔接来，住了些时日。她已经老态龙钟，背越来越驼，言谈举止像个孩子一样天真。她坐在电视机旁，眯着双眼看潮剧，脸几乎要贴着屏幕，我问她能不能看清，她说就看个影儿而已。即使如此，她仍然看得有滋有味。

有时，她会突然告诉我，说要去定制寿衣备用，我特别生气，让她别乱说；偶尔她又提起，说她还没有拍照，我问她为啥要拍照，她说人走了，要有一张黑白照挂着。拍照这件事，那些年，她似乎提过几次，每次我听了心里都不是滋味，不吭声。我的心里没有任何一点准备，也不想准备，我总觉得，她将永远是眼前的这个状态。

直到那天早上，奶奶突然说话很奇怪，讲了一些我们都听不懂的话，接着她又忘记了许多事，说话颠三倒四。我们那时并不懂，这是小中风的症状。

三叔把奶奶送回了村里，养了一段时间，慢慢恢复过来。但是，有一天她摔伤了，再也无法起床。那时我刚好生下大女儿，许久后才去看望她。我和姑妈给她洗澡，奶奶已经瘦得不像样了，她喊着我的名字，脸上露出痛苦的复杂神情，似乎是一种深深的无奈、无助和无以言说的悲伤，又好像在责怪我为何那么久没有去看她。

她的身子如纸片一样，眼睛凹陷，脸上除了皱纹还是皱纹。我很伤心，却不知道如何安慰她。这是一棵多么苍老的树木，即将被风带走。

卧床两年后，奶奶走了。生命之灯已经燃尽，我这才领悟到，瓜熟蒂落，是生命自然的状态，谁也无法逃脱。就像作家周蓬桦所说："人只能随遇而安，一茬茬地活，最后完成被收割的过程。"

那一年，奶奶93岁。在秀水青山的小村里，她把自己的平凡根植于那片土地，用勤劳、节俭、顽强、善良为土壤松土，用爱滋养一草一木，使其葱茏繁茂，生生不息。

# 父亲的岁月

## 一

人到中年，时间的流速仿佛有了变化，不再如慢悠悠的涓涓春水，而成了山洪狂泻一样的湍急水流。童年离我越来越遥远，关于父亲的一切记忆也似乎日渐模糊。

我突然感到无边的慌乱，流年匆匆。我比任何时候更需要一个父亲。我希望从他身上汲取力量，使我能从容淡定地面对流光消逝的荒凉。

我想他如果还活着，他也许还在种地，每天扛着一把锄头，沐浴晨晖走向田野；黄昏披着满身橘黄的霞光，欣然而归。他依然喜欢种植水稻、菜蔬、果树等，这些都曾是他最擅长的田间农活。

我会在每个周末，跑回老家，帮父亲整理房间，叠衣服洗被褥，做可口的饭菜，看着他用缺了门牙的嘴巴吃饭，古铜色的脸上，布满皱纹，神情愉悦而专注；饭后，我洗碗，他递给我一杯单丛茶，干皱的手背上，是若隐若现的老人斑。我望着他微笑，他浑浊的眼神里有深切的关爱。

我又想，如果父亲不缺失我的成长岁月，现在的我，会是怎么样的呢？

他那么热爱读书，喜欢文史，一定会不遗余力供我上学，不会像许多农村的家长一样，让孩子早早辍学，进工厂打工，然后过着颠沛流离的生活。

他一定很爱我，像所有的父亲一样，为我倾注父爱。

然而，这一切都并不存在。每想至此，我的心底就掠过一丝悲凉。

在我储存的信息中，有关父亲的记忆非常少。多年以来的每个夜晚，在无边的漆黑中，我总是竭尽全力地回忆，试图把和父亲一起生活的那11年光阴一一寻回。

我希望找回一个清晰立体的父亲，他微笑的样子，他说话的腔调，他生气的表情，他看我的眼神……凡是有关于他的任何一切。

可是，那些时光，我有一段时间处于婴儿期，一段时间还是一个懵懂的孩子，更多的时间却是在梦里度过。

剩下的时间，父亲只是挥动着锄头，不断地在地里埋头干活。他从早到晚，不停歇地忙碌，甚至忘了家中还有一个女儿。而我，只顾自己玩，追着蝴蝶，逐着蜻蜓，从山野跑向平原，并不晓得有一天，那个田地里劳动的父亲，会永远回不来。

有一年台风过后，下了一场特大暴雨。那个夜晚，父亲要带我回新屋睡觉，但大雨倾盆，丝毫没有暂停的意思。父亲背起我，穿上雨衣，蹚着水走向村道。一路上暴雨狂倒，让人害怕。而父亲的肩膀却是那么踏实温暖，像一张舒适的荡秋千似的床，使我心里荡起蜜意，竟希望路越长越好。

儿时这么简单的一幕场景，我却在心里回味过无数回。父亲和我相处的时间太短了，以至于一点暖意就让我牢记终生。

对于父亲的生平，能想起来的，也只是片断的呈现，无法忆起的，仍是一片空白。并不因我悲切的怀念，而对我敞开过去所有的岁月，甚至于他的相貌随着时光的流逝，正在逐步模糊。

于是，我总是在心里一遍遍地画父亲，我希望他的身影深深地镌刻在我的心上。即使岁月侵蚀，他依然清晰。

翻阅父亲的一生，穿越时光的隧道，我看到了他踽踽而行的身影，他曾经拥有的幸福，还有无以言表的孤独。

## 二

儿时，常听乡邻夸赞父亲，有的说他善良老实；有的说他有文化，知书达礼。

有一回，我去廷辉叔家里，他跟我谈起了父亲，赞扬他的品德。说父亲在池塘边捡了一个手表，多方打听终于找到失主，于是送到他家归还。失主听说后，登门酬谢。父亲婉拒说："任何人遇到这样的事，都会像我一样做。"

廷辉叔那时年少，在一旁听到这话，深受感动，一直深记之，并在多年以后告知长大的我。一切仿佛是神的指引，父亲当时并未料到，廷辉叔后来成了我成长路上的恩师，而且成了我们村里第一位博士。

父亲喜欢历史，他有一橱柜的书，藏着华夏文明五千年的历史。我一直好奇，他是如何识字的。

"奶奶，您说我父亲没有上过一天学，他是怎么识得那么多字的呢？"

"他从小喜欢读书，遇到不识的字，他就查字典，字典就是他的恩师。"

"查《新华字典》吗？"

"我们乡下人家，哪来的《新华字典》，查的是《潮州音字典》，还是你的爷爷给他留下来的呢！你父亲识的也只是潮州方言。"

原来家里那本破旧的《潮州音字典》，就是父亲的老师，里面全是繁体字。

在我们潮汕地区，潮州话是潮汕人的母语，是现存最古老的汉语方言之一。

我能想象父亲那时学习的艰难，一个面黄肌瘦的少年，趴在昏黄的煤油灯下，翻查字典，认真学习的情景。父亲要经历多少个这样的夜晚，才能积累足够的词汇量，筑成一条通往知识殿堂的金光大道呀。

父亲是家里的长子，自懂事起就是奶奶的得力帮手。白天是繁重的田间劳动，晚上仅剩的空闲时光，他用来挑灯夜战，孜孜不倦地吸收文化知识。他的努力，终使他成为一个有知识和教养的人。

父亲还做过一件事，让我对他刮目相看。那是每年的春节，他参加村里组织的潮州大锣鼓迎春巡游活动。父亲是村锣鼓乐队的第一任鼓手。鼓手即是整支乐队的指挥，通过鼓槌的敲击变化，指挥乐队的演奏。

锣鼓队在春节前的训练阶段，我经常随父亲去参加排练，那是我对于音乐最初的接触和启蒙。各种乐器弹奏时，发出的不同声响，给我的美感至今仍记忆尤深。

春节期间，锣鼓队在村里开展文化巡游，所到之处，人声鼎沸，鞭炮连天。父亲精神焕发，站在大鼓旁边，双手挥舞鼓槌。粗犷的鼓声中，伴随苏锣、深波、洞箫、扬琴、椰胡、横笛等乐器的合奏，喜庆悠扬的潮乐，使人们沉浸在迎春拜年的欢乐之中，场面壮观，热闹非凡。

我穿梭在人群之中，跟随着巡游队伍，不断追寻父亲的身影，我觉得他的样子真威风，并为他感到自豪。

“奶奶，我父亲跟谁学的乐器呢？”

“那时，你父亲白天在生产队干活，晚上经常和喜欢潮乐的伙伴，聚在一起玩乐器、唱潮曲，这些爱好是他们在农忙之余的一种文化娱乐活动吧。”

乡村的夜晚，总是来得特别早，太阳刚西落，村庄很快地沉入墨色的夜里。晚饭后，村里的小伙子三三两两跑进同一间屋子，从那昏暗的灯光里，飘出乐器的演奏声：悦耳的扬琴，清扬的笛声，厚重的唢呐，低沉的椰胡。那时，父亲一定陶醉在音乐之中，拥有鸟儿一样的快乐。

## 三

爷爷成分不好，不仅使得父亲没法上学，也没有哪一户家庭愿意把女儿许配给他，为此奶奶掉了很多眼泪。直到 30 多岁，奶奶才托人从客家山区娶到了我的母亲。母亲虽出身山野农家，然柔弱无能，且不明事理，常和父亲吵架。小时候，我偶见父亲愁眉不展，唉声叹气，想来这样的婚姻生活，父亲并不满意，却为了家庭和睦而忍气吞声。

父亲去世的前两年，我们和三位叔父分家，各自生活。那时父亲已经年近 50 岁，精力有限，行动缓慢，劳动能力没有正当壮年的叔叔好，我明显地感到家里的贫穷。

父亲每天在田里忙活，埋头苦干，起早摸黑，像一头不知疲倦的老牛。其实我们都不知道，他那时已经身患重病，咬牙支撑，却舍不得花钱看病。

为了能在过年的时候给我和母亲买新衣服，父亲把希望寄托在柑树身上，为它们倾注了很多时间和精力。父亲种植的潮州柑子个头大、色泽金黄、香甜多汁。可是，那一年柑子的收购价下跌，父亲整整一年的心血却只得到几百元的回报。

那年春节，父亲带着我和母亲，逛了一趟潮州。我看到了浩荡的母亲河韩江，看到了湘子桥和桥上的牲牛。“潮州八景好风流，十八梭船廿四洲。廿四楼台廿四样，二只牲牛一只溜。”这首我自幼经常念叨的童谣，剩下的那只牲牛就站在我的眼前，它面对着滔滔的江水，飒飒的江风。从古老的城门进入，踏着青石板路，我们逛了百货大楼、热闹的街市。那是我们一家人第一次的出游，也是最后一次。

想起父亲的一生，我的心有如被滚烫的熔浆烙过。父亲的生活追求其实很简单，只想过好普通日子。他没有享受过童年的快乐，一直靠双手拼命地劳动，期望让自己和家人都能吃饱穿暖。可是，就算这样一点微小的人生愿望，却仍没法实现。

他没能等到我长大便撒手人寰，他所期待的美好生活并没有向他展开。他最后的时光，在病痛中度过，母亲一点都不理解他，更无法给他任何的安慰。他心中的悲哀和孤苦，该是如何深重和无助，我至今仍无法忘记他痛苦的神情。生活泥沙俱下，生命脆弱不堪。

每天，当我提着母亲煮好的白粥，又用五元钱买了一份鹅肉，送到老屋给父亲吃的时候，我总是看到他眯着眼睛，像老僧禅定一样。我那时还不晓得，他一个人正独自面对一种死一样可怕的寂寞和荒凉。生命的烛火正在慢慢地消融，可是，他却只能眼睁睁地看着这燃烧的火苗渐渐熄灭，永远沉入无尽的黑暗之中。

这短暂而坎坷的一生，风雨飘摇的一生，在磨难中苦苦支撑的一生。父亲就像石缝里的一棵小草，顽强地和命运抗争。没法上学，他靠自学；没有粮食，他靠劳动。虽然结果并不圆满，然而谁能说他的人生没有幸福？生命也许就是这样一个过程，在不屈的奋争中，幸福和苦难相伴，泪水和笑容相依。即使生命有一天终将回归尘土，但活着的每一天，父亲从没向命运低头。

父亲毕生与泥土相伴，村里的每一分土壤，每一座山野，都留下他的足迹。他喜欢亲近草木，探究树木的生长规律，为它们嫁接，使它们长得更加茂密，结出累累硕果。

我曾经不止一次地跑向山林和田野，试图寻找父亲留下的味道。也许后山的那片李树，有的正是父亲当年亲手栽下的；山坡上的阳桃树，开满细碎烂漫的朵朵小花，或许正是父亲眼中闪动的泪花。

山野寂寂无语，绿叶林间婆娑；菜畦蝴蝶翻飞，绿野飘向天边。父亲踩过的脚印已经被岁月雪藏；他流过的汗水，也化为渠间的小细流，日夜不停地流向方圆十里的田地。

而父亲的岁月，如一片浅浅的白云，正从我的头顶上轻轻飘过。我一边仰望，一边流泪。

# 失踪的母亲

## 一

母亲去哪儿了？这个问题像一块沉重的石头，多年以来，一直压在我的心坎上，成为我忧伤的根源。

每当我回到故乡，相识的大婶总会关切地拉着我的手，一连串地问我："仙女（我儿时的绰号），你母亲有回来看你吗？没有吗？也不知道她在哪里吗？"看到我一个劲地摇头，她开始叹气，看我的眼神更显温柔，眼里闪动着母爱的光辉。

每逢这时，我总是表面装作温和平静，然而内心已经开始流泪。只觉得四周青翠的群山失了颜色，碧蓝的天宇顷刻暗淡，头脑缺氧似的发晕。

对我来讲，这根本就是一个沉甸甸的、无法回答的问题。

小时候我喜欢跟着奶奶，和母亲并不亲。她是山区客家人，嫁到我们潮汕，潮州话说得不大流利，经常成为邻居孩子们的笑柄。

日常她除了料理家务，偶尔也会到田间帮忙农活。她慢慢地学会了刺绣，只会绣最简单的样式。她的刺绣纹理精致好看，速度却慢到惊人，每天顶多只赚几块钱。所以，我从小就跟着小婶或者邻居阿姐学刺绣，从不跟她学，这更加导致我们之间缺少交流而变得生疏。

母亲除了一日三餐，其他时候并不管我，很少对我表达母爱，或许她根本就不懂得如何爱孩子，更无从谈教育。她只是偶尔想起我的可爱，突然笑嘻嘻地跑来抱我，我总是奋力地挣脱。缺少心灵的交汇，对于母亲的亲近行为，心里总是觉得那么别扭。

可见亲子之间的陪伴和互动有多么重要。一个母亲要使孩子喜欢和亲近她，就必须懂得倾注母爱，常和孩子进行心灵沟通。爱的产生，都是在彼此的互动中产生了信任、依赖和感情。

我经常看她一个人安静地绣花，生活在自己的天地里，嘴里哼着山歌，一个人在那里傻笑。我那时虽小，却也看得出来，母亲不是一个精明能干之人，更不是一个通晓人情世故之人。

她没有接受过教育，认知水平有限，有些笨拙，有些愚昧。正是这样的性格，终使她和我之间的缘分抹上了悲剧的色彩。

母亲的双亲早逝，老家只剩下她的同胞姐妹，均已成家。我在四岁时去过一回。

依稀记得，父亲骑自行车送我们到了市区的码头，上船后，船只溯流而上，直达上游的丰顺县，到了留隍镇下船，便只能步行。那时交通不便，没有汽车可乘。我们要走非常远的山路，一直走到斜阳挂西，双脚酸痛，口渴难耐，才到达母亲的老家。

我记得那天的夕阳硕大无比，像一个火烧似的红球，与往日我在家乡见到的大不一样，可见她的家乡应处于海拔较高的山脉。

但母亲每年总要回去一两次，从这点可以看出，她对于故土的眷恋，虽然路途遥远且艰辛。

## 二

那时，我们一家三口，虽然日子清贫，但还是幸福的。变故却意外而至。父亲突然生病去世了，我们一家平静安宁的生活被彻底打破。

奶奶担心母亲孤独，晚上让我回去陪她睡。我经常半夜被母亲凄厉的哭声惊醒。我才11岁，还不晓得父亲的去世，对我们意味着什么。但母亲划破天晓的哭泣，使我隐隐意识到孤儿寡母处境的艰难，心里充满了恐惧和悲凉。我不懂得如何安慰她，只是在黑暗中无声流泪。这是我第一次对人间疾苦有了可怕的印象。

母亲平常喜欢和父亲吵嘴，但是有父亲在的日子，她衣食无忧。而失去了父亲，我们母女便没了依靠。

她一向不擅长农活，又没有其他谋生技艺。虽然我的叔父们经常给予帮助，但仍明显感到她的力不从心。

那年的暑假，我和母亲一直忙着从田里收割稻谷，脱粒，装袋，挑回家晾晒，每天忙到黑夜降临才回家弄饭吃。时值盛夏，稻谷灰尘随着汗水沾满手臂和脖子，全身发痒，起了湿疹，全身酸疼，极其难受。

我感到了生活前所未有的辛酸和不易，无比怀念父亲在世的日子，相信母亲也和我感同身受。

第二年，母亲在大姨的鼓励和帮助下，找到了再婚的人选，并且试图说服我和她一起走。

或许她也曾想过，和我一起待在村里相依为命，但田里的农活全是苦力活，弱不禁风的她，根本做不来，养活自己都成了问题，更别谈抚养我长大了。迫于生计，才有了另嫁他人的想法。

我虽然能理解她，但让我去另一个陌生的地方生活，我心里是不愿意的。

母亲从开始的好言相劝，到拳脚相加，均无法说服我。她恼羞成怒，经常半夜把我弄醒，使劲掐我，逼我跟她走。可是我只是哭，死活不答应。这种不安定的生活，使我每天过得提心吊胆、如履薄冰。

母亲看我态度坚决，生气之余，对我发誓：她走了以后就再也不会回来，让我也不要去寻她。

现在看来，问题的根源，其实在于我和母亲之间的感情过于疏淡。感情是彼此信任的纽带，我不相信母亲能给我带来幸福的生活，但我坚信，我的根在故乡的土里，只要我不挪动脚步，故乡便不会弃我。

那一年的春节前夕，母亲想带我去男方那里过年，我没答应，她既生气又无奈，收拾衣物准备离去。我没想到她真的如此绝情，于是哭着求她给我留下一些零花钱，哀求了一个多小时，眼泪近乎流干，在邻居阿婶的劝说下，才留下十块钱给我。其实我知道她的身上也只剩下 300 多元了，是我们母女仅有的财产。

父亲去世才一年多，我们就已经走到了生存的绝境之中，即将弹尽粮绝，无以为继。

那一天，望着母亲离去的背影，我伤心欲绝，哀号大哭，仿佛天地之间，竟无我容身之所，荒野之中，我是唯一的孤木。

从小喜欢过年的我，那个春节却过得没有一丝喜悦的滋味。一个失去父母的孤儿，哪来的幸福生活呢？

正月过后，母亲还没有回来。我忧心忡忡地等着。直到春天快结束了，仍不见她的踪影。我看到家里还有九袋稻谷，怕全进了老鼠的肚子，于是让三叔搬到了其他安全的地方。那时，我们均猜想母亲应是不回来了。

有一天，我突然发现母亲正站在家门口，看到我远远走来，一脸怒色，指着我大喊，身后还站着一个高大的男人。我听不清楚母亲说的话，以为她定是带了人，想把我抓走，吓得面如土色，惊慌失措地逃跑了。

我一口气飞奔到半山腰的奶奶家，一边哭一边喊：“奶奶，她回来了。”

等到三叔跑去我家查看情况时，母亲已经离去了。

我慌乱的心这才稳定下来。心想母亲应是回来收拾东西，看到家里稻谷不见了，以为我搬走了粮食，是想与她断绝关系，因此才那么愤怒。想到这里，心里不禁懊悔，自己竟然连面对母亲的勇气都没有了。

那年我才 13 岁，不懂得和母亲好好沟通，而是一而再，再而三地远离她；无知的她，也从来不曾用心和我认真地交流。在我的不妥协坚持中，在母亲对我的多次打骂之下，终致我和她的矛盾越来越深，心与心的距离越拉越远。

我只想逃离母亲的控制，而她却一心想开展自己的新生活。

我们彼此都伤透了心，没能好好道别，母亲就此一去不返。没有留下任何联系方式，也没有告诉我她改嫁于何方。不懂事的我，愚笨的她，把母女的情分生生给切断了。

起初，我还以为她会像上次一样，突然回来，不敢换掉门锁。可是，等了一年又一年，她就像人间蒸发一样地消失了。只剩下老屋默然矗立，破败不堪，挂满了蜘蛛网，丝丝缕缕，如同我揣在怀里的复杂心事。直到我长大成人，外出打工，依然没有她的任何消息。

## 三

心里有些怨恨母亲的抛弃和绝情，对于她当年的选择，其实我已经能理解和原谅。但实在猜不透，她为何连看都不来看我，是过得不好无颜回来，还是有其他特殊的原因。这世上难道还有父母不要亲生儿女的吗？

随着年纪渐长，对于母亲失踪之事，我更加耿耿于怀。

家里旧式的户口本上，有她的照片和出生年月，并注明她来自丰顺的黄金镇，再无其他资料。在派出所上班的朋友，也帮我查找户籍信息，但查找多时，始终没有她的相关信息。

后来，小叔和我商量，她的老家虽在山区，但现在村路畅通，无须爬山翻岭，乘车应该可以直达。小叔答应带着我，到黄金镇逐村查寻母亲的家人，虽然海底捞针并不容易，但只有追根寻源，才有可能得到她的下落。

就在这时，村书记突然打来电话，说我的母亲刚刚去世了。但她没有户籍信息，无法送去火化。她再婚的家人现在在我们镇上的派出所，急需我赶去做证人。

我设想过无数次的认母场面，没想到竟然是以这样一种方式。

难怪这么多年以来，派出所的户籍档案一直杳无她的踪迹，原来当年她根本就没有从家乡迁移户口。多年以来，她一直没有身份证，背着黑户过日子。如果不是因为遗体火化需要户籍资料，那么她就只能静静地走了。

真是天方夜谭一样地荒谬！

我怀着悲伤和满腔怒火，准备质问男方，为何多年以来，竟让我的母亲背着黑户的身份。

看到大叔的刹那，我的怒气消了一半。他衣着简素，长相普通，神情朴实木讷，是一个地道的农民。他眼里闪着泪花，怯怯地对我说，母亲的去世对他也是一个打击，多年以来，他和儿子一直善待母亲，临终之前给她端茶送饭，寻医买药，从没亏待她。

在派出所办完了相关手续，我跟随大叔来到他家，在离我家乡约20公里远的另一个镇上。距离不远，却成了阻隔我们母女多年的天路。

阔别多年，我终于见到了母亲。她冰冷地躺着，老了，瘦了，仿佛世界与她无关。曾经的悲伤，那些艰难的岁月，一切的一切都远了。

我望着她，喊了一声，便泣不成声。

她安详的脸上，依然那么安详；她的眉眼，依然是我儿时熟悉的模样。她期待过我的到来吗？想象过我长大成人的模样吗？那么多三餐四季的日子呀，难道就不想与我一起度过吗？

我们如此缘薄，真是锥心刺骨之痛啊！

在送别母亲的两天时间里，我和大叔一家有了短暂的相处。大叔务农为生，生活仅能温饱而已。儿子比我小几岁，一直喊我姐，叫得我心里完全不是滋味。

翻开他们的家庭照，一家三口幸福甜蜜，母亲气色红润，脸上挂着满足的笑容。看来他们对待母亲倒是真心的，给她提供了稳定的生活。

大叔的邻人和母亲关系要好，母亲常在她面前提及我，说不知道女儿长大在哪工作，是否嫁在村里。邻人看她挂心女儿，于是鼓励她前去寻女。但母亲又说担心我的奶奶怪罪她抛弃了我，也担心我不想认她。

想来这两个问题正是母亲的心结，可能时间过得越久，她越没有回去认我的勇气；或许她根本就没有考虑过如何解决问题，一年又一年，任时光飞逝，骨肉相离。

懦弱的她，卑怯的她，一直活在混沌之中，活在错误的认知之中，傻得连女儿和身份都不要了。

思想的局限性，注定了人生的悲剧。

她不懂得，世间的每一条细流，即使绕过无数曲折蜿蜒的小路，依然要奔向海洋，因为那是母亲的怀抱。

她更不懂得，母虽丑，子不嫌。即使她有万般的不是，这血缘关系又岂能说断即断。可是，没有一点文化知识的她，根本不明白这样的道理。

一切都让人忧伤，一切都徒留悲叹。

缘起缘灭，皆是注定的命数。我注定无法对她喊出一句亲切的“妈妈”，而她，注定见不到亭亭玉立的我。

## 他是天空的孩子

他是一个干净明朗的孩子，有着自然卷曲的黑色头发，清俊的眉眼，两个不清晰的小酒窝，随着脸上绽放的笑容若隐若现，显得那么天真活泼。

每一天，他都形影不离地跟着我。我不喜欢他总是鹦鹉学舌，却意外地发现，他学什么都那么快，无论儿歌还是童谣，只要听过两三回，他就会唱了，而且还唱得那么好听。大人说他是一个聪明的孩子。

那是小山村一个普通的黄昏，层层乌云遮住了绚烂的晚霞。一群孩子在篮球场玩，静背着她的弟弟，我背着他。他瘦小的身躯趴在我的背上，开心得咯咯笑，温热的气息在我的后背升起，我能感觉到他对我的依赖和快乐。

静的弟弟有一双奇怪的手，竟生了 11 只手指，看起来那么怪异和突兀。孩子们跑累了，玩腻了，开始不断地嘲笑她弟弟那根多余的手指。静气得眼眶通红，突然拿起弟弟的第 11 根指头，狠狠地咬了下去。她弟弟痛得直哭，静却一直不肯松口。我紧张得大声呼喊："快点放下，快点放下，手指头要断了，会流血的。”

静没有说话，但终于放下那根奇怪的手指。她 11 指的弟弟还在哭。我望着她淡定的神情，心里吓坏了，抱紧了背后的他。而他在后面也紧紧地抱住我，怯声声地喊了一声：“姐。”我突然意识到，背后的他还那么弱小，需要我好好爱护和照顾。

那一年，我七岁，他四岁。

在那个山明水秀的小村庄里，在那座小小的旧式院落中，我们互相陪伴，一起成长，度过许多幸福的清晨和黄昏。这或许就是手足的意义吧，手与足是紧紧相连的整体，可以同悲同喜，同甘同苦。

而他是那么的可爱无邪，总是微笑地仰着小脑袋望着我，乌溜溜的眼睛，薄薄的嘴唇，眉毛似剑。邻居说那是一双很漂亮的剑眉。

我以为，我们可以这样快乐地生活，直至长大。却不知，他原来并不属于这里，有一天，会消失在辽阔浩渺的天宇中。

一个平淡无奇的星期天上午，我们像往常一样，拉着小手来到家附近的老人活动室里玩。但是，家人把我喊了回去，说家里的母猪不见了，让我马上去找。我很不情愿地回家了，走的时候，我看他一个人还在那里玩。没想到，这一眼，竟成了永别。那是他活在这世间的最后时光。

一个多小时后，当我从村外回来，路上忽然看到人们三三两两匆匆地往池塘边跑，说是有小孩落水了。又有人对我说：“你的弟弟落水了。”我一惊。但并不相信。因为我离开家的时候，母亲就坐在家门口绣花，她哼着山歌，嘴角抿着一丝笑意。而他一个人就在不远处玩。

然而，现实是残酷的，这个不愿意看到的事实，却摆在了我的眼前。我的三位叔叔、村里的乡亲，甚至医生也来了，都没能把他抢救过来。

他究竟是什么时候离开那间老人活动室的走廊，一个人跑到旁边的池塘里的，这成了一个谜，也成了我心里永远的伤痛。

我只教会了他玩游戏、唱儿歌，却不懂得教他，没有栏杆的池塘是暗藏危险的地方，表面温柔美丽，其实是一个巨大无边的黑洞，平静如镜的水里，有深不可测的神秘力量，不可靠近。

然而，一切都晚了。

我不应该离开他的，哪怕只是喝一杯工夫茶的光阴。可是，每一个乡村孩子，他们的成长哲学里，没有玩具，更无须大人的看管呀。

他终究是一个要飞向天空的孩子，属于遥远而广阔的宇宙里的一部分。

路上遇见了姑妈，骑着自行车从她家赶来，我大声喊道："姑，我弟他……"话没说完，忍不住地放声大哭了。姑妈阴沉着脸，没有吭声，头也不回地往家的方向去了。

我回到家中，母亲正哀号大哭，父亲痛苦地抱着头。那是我第一次看到了生离死别，知道了人生不但有生之欢愉，原来还有死之悲凉啊！

那一年，我八岁，他才五岁。

我以为那是一场梦而已，而我正走在梦境之中。我不敢再想，也不敢去看。第二天醒来，便早早地去上学了。我心想：也许等我放学了，这一切不幸终将结束，我们的日子将恢复如初，没有任何悲伤，只有欢乐的日常。

可是，那天的傍晚，当我放学经过那棵大杧果树下的时候，却看见奶奶坐在那里，身旁的母亲怀里正抱着那个孩子。母亲脸色苍白，面无表情，奶奶痛苦地微闭着双眼，示意让我不要说话，赶紧回家。

深秋的寒风掠过前面的池水，凛冽地向我们吹来，我呆呆地站了许久，悲切的寒意从心头不断涌出。他还那么小，还未来得及长大，还不晓得这个世界的模样，还无法表达他心中的想法，就生生地断了成长的机会。

村前这波光涟漪的池塘，碧水清澈，静默不语，倒映着周围秀美的群山和村落，它是村庄一只明亮的大眼睛，如今却成了我眼中的一滴泪！

可是，我仍然希望那只是一场梦，梦醒之后，他就回来了。

我一天天地长大，村庄四季更替，春花开了，夏雨落；秋风起了，冬寒又至。然而，日月如梭，他却再也回不来了。以至于看到长着剑眉的男子，我总是忍不住要多看几眼。

直到有一天，我们的屋前飞来了一只漂亮的黄色小蝴蝶，它久久地徘徊在菊花的周围，在我们的屋檐下低飞盘旋。奶奶动容地说："你的弟弟来看我们了。"于是，我们都目不转睛地望着它，直到它越飞越高，消失在无边无际的蓝天里……

我的眼里全是泪，终于确信，我永远地失去他了。

## 父亲的神秘书柜

我的父亲是一个农民，自幼家境贫寒，以种田为生，一辈子过着日出而作，日落而息的农家生活。他的性格温和，乐观开朗，对于清贫的日子甘之如饴，没有任何抱怨，只是埋头干活，勤俭持家。

因为家庭成分不好，他没法上学，只能靠自学识字，尤其喜欢阅读文史类书籍。小时候，我常见他劳作一天之后，在昏黄的灯光下，捧书细读，神情认真而笃定。他喜欢与姑妈谈古论今，想来这些知识都是通过读书而来的。他虽是一个普通的农民，然而思想却向往着浩瀚的历史的天空。

我上小学四年级以后，逐渐懂事，也喜欢阅读课外书，家里仅有的几本书，都被我翻烂了。那段时间，父亲突然病重，只能移居老屋休养。我不敢问父亲要书，总是一个人在家里四处寻觅，期望可以找到更多的书籍。

后来，我发现家里书桌下面的柜子非常可疑，因为被一个小锁头紧紧锁住了，不知道里面珍藏了什么隐秘的宝贝，我猜想有可能是父亲攒了一辈子的积蓄，或许是金银首饰之类的贵重物件，要不怎么需要上锁呢？

我寻不到钥匙，于是经常望着柜子出神，仿佛那里有一股神秘的力量，正在吸引着我。有一天，我无意间将柜子上面的抽屉拉出来，意外发现了一个小洞，可以通往下方柜子。我伸手往下摸，感觉摸到的是一些书。

这个上锁的柜子里，竟然藏的是书，更加增添了我的好奇之心。在我的努力搜索之下，首先弄上来的是父亲的一本生活笔记本，里面只是一些简单的备忘录。小洞实在太小了，其他书没法拿上来，只能作罢。

对于这个神秘的书柜，我一直没有放弃，放学回来经常往柜子里搜寻，又被我弄上来一本体积较小的书。那是一本不完整且发黄破旧的书籍，书名写着《一千零一夜》。遗憾的是，书里全是繁体字，读起来异常吃力，但我还是通过揣测，很认真地把那些复杂得如同天书的文字读完了。那是我第一次阅读这种奇幻怪诞的国外神话故事，复杂离奇的情节，深深地震撼着我。

从此之后，我变成了一个爱做梦的女孩，经常沉浸在自我的世界里，编织着各种浪漫的梦境。原来世界浩瀚辽阔，由无数种可能组成，如果现实生活中没能经历的事，也可以让自己住进书里，与主人公一起在书海里神游，那么你也似乎经历了一场不一样的人生，得到了某种生活体验和快乐。

书里有千百种人生，而现实的世界，于我来讲却是那么的残酷，一点都不美好。因为不久之后，父亲病逝了。他什么话都来不及说，静静地走了。

我似乎一下子长大，独自面对苍凉的天地人间；又仿佛一下子回到了婴儿时期，不知道如何表达心中的伤痛和无助。

我跑回家里，对着那个神秘的书柜流泪。心想，父亲来不及说的话，是否都藏在柜子里，那里面也许装的正是父亲短暂的一生。

于是，我到处寻找钥匙。但始终没有它的影子。

直到第二年，我的母亲再婚，远走他乡，留下了孤孤单单年少的我。当我泪眼婆娑，准备收拾衣物回到奶奶身边生活时，无意间在衣柜的角落里发现了一把钥匙。我心里一阵激动，颤颤巍巍地把钥匙插进了锁芯里，柜子竟然打开了。

果然不出所料，柜子里根本没有金银宝贝，全都是书籍，大部分是新的，保护得极其完好。

我把书搬了出来，细看之下，更加大吃一惊，展现在我眼前的是几十本厚厚的历史书。《上下五千年》《中国通史》《东周列国志》《三国志》《七侠五义》，等等。还有著名的历史演义小说家蔡东藩先生写的一系列历史演义，从前汉史开始，到后汉史、两晋史、南北史、唐史、五代史、宋史、元史、明史、民国史等各朝通俗演义小说，崭新整洁。其他的还有一些野史类的书籍。

其中一本小册子《中华上下五千年朝代顺序》引起了我的注意，里面详细罗列了各个朝代的顺序，甚至还有每个帝王在位的时间。这小册子非常实用，因为那时我还不懂历史，有了它的指引，对于接下来阅读这些史书，起到了一定的引导作用。

面对这么丰厚的财富，我呆住了。想想看，父亲该有多么喜欢研读历史啊！虽身居穷乡僻壤，然而书籍却使父亲博古通今，他用眼睛和心灵，接通了一条通往华夏五千年的文化之路，与古人对话，读史书明智，使自己活得思想清明，开朗向上。

他一向省吃俭用，衣服总是一补再补，吃的是五谷杂粮和清汤菜蔬，连卤鹅肉都舍不得买来吃，却把仅有的积蓄都用于构筑他的精神乐园。他天天在山野和田间劳作，白天与泥土为伴，晚上则枕着书香入眠，那么的傻，那么的痴。

他虽是一介农夫，然而与书相伴的一生，该是多么丰盈的一辈子呀。

我流着泪，忍着悲痛，把书籍永久收藏，也把父亲爱书、惜书、读书的习惯传承了下来。

小学五六年级，这些历史书籍一直陪伴着我。我孜孜不倦地阅读，虽然那时的理解能力有限，也没能做到精读，然而对于历史已经有了一个清晰的认识，对于善恶美丑也有了自己的判断，并初步建立起自己的人生观。

文字的力量，深深地植入了一个孩子的内心；历史的深邃和开阔，扩大了我的视野。史书犹如一面镜子，照见过去，也映射着未来。

虽然父亲并没有机会给我讲更多的人生哲学。可是，他留下来的历史故事，如一面明镜，呈现在我的面前，就是一个个深刻生动的道理，是立身处世的原则。我看到过去，明白当下，知道未来的路会通往何方，这无疑更加坚定我想靠读书改变自己命运的决心。

父亲没给我留下什么财富，却给我留下一把寻找书香的钥匙，让我受益一生。

## 我不缺母爱

我的姑妈出生时，家里已经穷得揭不开锅，每餐只有野菜和芋梗粥可填饱肚子。奶奶怕养不活姑妈，于是有了送人的想法。我的父亲那时已经是个少年，非常疼爱这个初生的妹妹，于是央求奶奶留下她：“只要我们每人省下一口粥，妹妹就有了口粮。”

因为父亲的劝说和坚持，我的姑妈最终被留了下来。后来，姑妈就成了奶奶的得力帮手，洗衣做饭，喂猪养鹅，砍柴挑土，还学会了裁衣和刺绣。

我的爷爷去世后，父亲作为家里的长兄，担负起了地里的农活，还有照顾弟弟妹妹的责任。姑妈打小和父亲的感情最是深厚，对我更是呵护有加，视为己出。

小时候，我经常跟随姑妈到抽纱场，坐在长方形的绣花架旁边，看着姑妈和村里的阿姨们，双手一上一下在印花的丝绸上飞针走线，绣龙凤，绣鸟兽，绣牡丹。我惊讶于她们的心灵手巧，一根小小的绣花针，针尖下流淌出一帧帧锦绣的图腾。

每年进入寒冬腊月，姑妈开始忙碌起来。她到集市选购布匹，给家里每一个成员量身裁衣，画图纸，用旧式的脚踩缝纫机，利用晚上的闲暇时光，为家人赶制衣服。

每一个春节，我们都能穿上姑妈独身定制的新衣裳，这是儿时的我最高兴和满足的事。夏季之时，姑妈还给我缝制漂亮的碎花裙，我喜欢穿上裙子跑到抽纱场，翩跹起舞，惹得一众绣花娘哄堂大笑，给我起了一个小绰号“仙女”。

后来，姑妈虽然出嫁了，但始终关心着我的生活和学习。

那一年，年少的我突遭家庭变故，姑妈闻知我的母亲弃我而去，悲痛地从家里赶来。一看到我，就抱着我大哭：“我可怜的儿呀，你怎么就成了孤儿了！”

我心中大惊，一颗心空空落落地往下沉，似乎掉入了一个黑暗无底的深渊。“我真的成了一个孤儿了吗？”心里除了惧怕，还有无以言说的哀伤。

然而姑妈的双手紧紧地抱住了我，给了我母爱一样的温暖，我忽然又觉得自己并不孤立无援，不是被弃荒野，而是一株有人照料的野草了。

从那开始，姑妈在我的心里，是母亲一样的位置，而我也成了姑妈心里时刻牵挂的孩儿。从物质上的支持，到教我礼仪和处世，孜孜不倦，谆谆教诲，事无巨细的关怀，如同至亲的父母。

读中学时，我寄住在姑妈家里。有姑妈的爱护，还有表弟表妹温暖的陪伴，那是一段充满了幸福和欢乐的时光。

每当放学回来，姑妈总是给我煲营养汤喝，而给表弟表妹吃的却是清汤；空闲之时，给我讲人生哲学，滋养我的心灵；也常常询问了解我的学习情况，倾听我的想法和心声。

一株幼苗，根须吸收了土地的养分，叶子得到太阳的光合作用，不久，就是一棵青葱秀逸的小树木了。

后来，我到离家四十公里外的城市打工，每逢过节回家，都因为晕车而吐得不成人样，姑妈为此操碎了心。给我想了许多办法，却仍没能减轻我严重晕车的症状。

有一回，我要返城打工去了，姑妈像往常一样，一大早骑自行车送我去车站乘车。到了车站，姑妈突然改变主意说：“这会时间还早，天气晴好，我再载你一段路程，实在骑不动时，你就到路边搭车。”

我惊讶地望着姑妈，她的眼睛里闪烁着光亮，嘴角抿着笑意，仿佛为自己临时决定的好主意而振奋不已。

我怕姑妈劳累不敢答应，骑自行车本来就很耗费体力，再加上我的重量，其艰难可想而知。

但姑妈一再坚持，说是这样我在车上待的时间短了，晕车的痛苦也会减轻，还可以和我多些时间谈心。她始终是心疼我的，怕我受苦受累，全然不顾自己。

她说：“这条路走下去，到达你打工的城市，要经过四座桥，我载你过第一座桥，就放你下来啦。”

于是，我们伴着清晨和煦的阳光，就上路了。

姑妈坐在单车皮座上，身子挺得笔直，双脚踩着单车，嘴上一刻也没闲着，喋喋不休地讲起了一些往事，接着又给我说了一堆大道理，分析我目前的工作以及生活现状。她关切地说：“你一个人在外漂泊，工作忙碌，还要挤时间学习，要注意休息，照顾好自己，增加营养，你太瘦了。”

她告诉我，人生不是一条直线，不可能一帆风顺，路上遇见的风雨，都是在考验我们，一定要咬牙挺过去。

姑妈读书多，且懂得思辨，有自己的哲学观。她说，人要学会思考和变通，要将书中的道理，映照自己的生活，在实践中检验真理，从而获得精神力量和指导思想，有助于认清现实，增加生活经验。

每一次与姑妈深入交流，我都有收获，都给予我心灵的启迪以及安慰，在那段艰难的打工生涯中，姑妈的话起到了定心针的作用。

就这样一唱一和，不知不觉中，第一座桥已经过去老远了。

“姑，快放我下车，你会累的。”

“不急，还不累。”姑妈有些气喘吁吁地回答，双脚不停地踩着脚踏板。路旁两侧苍翠挺拔的木麻黄树，一棵棵往我们身后躲闪，远去了。

空气中有些许薄雾，被早晨的阳光轻轻托起，又远远抛洒，散落在路旁的田野里。草儿和菜蔬被裹上一层轻纱，青绿中带些朦胧的雾气。空气是那么清润，微荡着一股让人神清气爽的草木清香。

那真是一个美好的早上，我们在欢畅的聊天中，精神变得亢奋。姑妈忘记了脚酸和疲劳，我忘记了硬邦邦的让人难受的自行车后座。

“姑，到这里就好，已经过了两座桥了。”

“前面第三座桥过后，有个大车站，容易搭车，我载你过去，你可以坐在客运车前面，晕车就会好一点。”

姑妈又找到了一个继续载我的理由，一个以爱为目的的理由。

到了汽车站，已经是早上的十点多，太阳高挂空中，火辣辣地冒着热气。姑妈居然载着我骑了两个多小时的自行车，行程 20 多公里。

看着姑妈晒得发红的脸颊，疲倦的神情，我心里一阵愧疚。她却仍一个劲说自己不累，直到送我上了车，才恋恋不舍地离去。

望着姑妈独自远去的背影，那么孤单，又那么亲切温暖。我突然很想飞奔过去，抱着她大哭一场。

姑妈到家后，给我打了电话，淡淡地报了平安。

直到后来，姑妈才把实情告诉了我。那天她返回时，双脚酸痛无法骑车，在路旁坐了许久，才吃力地骑回家。大腿的内侧被塑料的皮座给磨伤了皮肉，渗出了鲜血，疼痛了好一段时间方才痊愈。

来回五十多公里的路程啊！那是一段深沉而厚重，漫长又艰辛的旅程，是姑妈用爱铺成的亲情之路。

每当再次经过那些道路，心里总是要微微发疼，泪眼蒙眬。这世间，也只有亲生父母才能给予孩子这么无私的爱。我失去了父母，却并不缺爱，因为姑妈就是爱的源泉，涓涓流淌，从不间断。

我人生路上蹚过的每一道坎，无一不是姑妈在背后鼓励我、帮助我。我生孩子时，她第一时间赶到医院，悉心照顾我，比任何一位母亲都要认真细致。

姑妈还经常不顾自己晕车难受，背着沉重的包裹，辗转乘车两个小时来看我，带来的都是她自己种植的新鲜蔬菜，还有各类土特产。一进家门，还没歇好，她就拿起拖把，开始拖地。继而清洗厨房，一刻也没有停下，不断地干活，劝都劝不住。

每当天气变化，酷暑严寒，刮风下雨，她必定打来电话，叮嘱我要注意安全，防暑防寒。和所有的母亲一样，无微不至地挂念着远嫁的女儿。

失去父母的生命也许是残缺的，这缺失的地方刚好被姑妈填补，因此我的人生又是圆满的。

岁月之河，不停地往前奔腾，暗流汹涌之中，姑妈一直紧紧地拉着我的手，越过了许多暗礁和艰险。我深深地感激上天的眷顾，我不是风中的野草，在姑妈的照料之下，我既柔韧又坚强，保持本真又活出了自我。

这些年，姑妈在表弟那里带孙子，忙得不亦乐乎。当她在电话里得知我带两个孩子劳累不堪，她却没法前来帮忙而感到过意不去时，我突然就泪奔了，仿佛积压多年的情感，一下子找到了排泄的出口。

我哭着对姑妈说："这些年，如果没有您，哪来的我？您为我的付出，我除了感恩，又该如何回报呢？"

说完，我们俩都哭了。

我记得，那天阳台的海棠花开得特别美。

## 回不去的童年

乡野长大的孩子，童年的每一个日子，都与草木泥土为伴。

每天，我们双眼看到的，都是青葱秀色。

村中静立的群山之上，布满苍郁的树木，高耸的竹林，开着花的果树。蜿蜒的山路两侧，野草从山脚一直爬至山顶。峰顶还有一排排像哨兵一样挺立身姿的松柏树，奇形怪状的石头随处可见。

空气中飘荡着草的香、花的香；耳边听到的是山风的呼唤，鸟儿们的独唱和合奏，不时还有一两声鸡鸣和狗吠；阳光在头顶闪烁，映着一个个娇红的小脸蛋。

我们奔跑在山野中，与自然万物融为一体，没有玩具，却拥有了任何玩具也买不到的快乐。

我记得五六岁的时候，在家长的鼓励下，曾经跟着一些年龄大点的孩子，到山上捡树叶。杧果树高大苍劲，叶片宽大，深秋时分，枯黄的落叶纷纷扬扬，铺满了山路。我们手拿捅煤炉的铁条，一边追逐蝴蝶，一边捡拾落叶，一片一片地插在铁条上，把它变成一条树叶棒子。穿满后回家往灶前卸下枯叶，又继续往山上跑。这是一件有趣的事，我们乐此不疲。

那会儿，村里人都养猪，但猪粪仍然不够使用。这种有机肥是瓜果菜蔬最好的化肥，对农人来讲珍贵无比，于是捡猪粪就成了孩子们的苦差事。总可见到一头肥猪的后面，跟着一个拎着粪箕和粪耙的孩子。

有一阵子，莲经常约我清晨一起捡猪粪，她特别守时，天还没亮就来我家敲门，我困得眼睛都睁不开，但兴奋的心情却迫使我使劲爬起来，仿佛正在经历一场探险行为似的。我们在微弱的晨光中，四处寻觅猪粪的踪迹，遇到之时，如获宝贝。但那浓烈的味道，实在也太呛人了，一点都不好玩。其实，我们也就一时兴起，图个新鲜，顺便装装样子给家长看看而已，干了没多久，就再也不肯去了。

后来，我开始学刺绣，这是农村女孩子必备的技能之一。绣花是一件好玩的事，但要让一个整天蹦蹦跳跳的孩子，安静地坐下来，一针一线地、慢条斯理地绣一朵花，也并不是容易的事。刚开始学的时候，我根本就坐不住，一会儿起来喝水，一会儿起来伸懒腰，一会儿又被针头刺伤了手，弄得一旁的大人横眉瞪眼的。

当我第一次独立完成一幅刺绣作品时，可把七岁的我乐坏了。可是，收刺绣的陈嫂一看，却说不行：针脚不齐，走线不对，叶子不像叶子，花蕾不像花蕾。于是，我沮丧地拿回家，小心翼翼地拆线，认认真真地修改。

就这样来来回回整改了三次，把好好的一块布呀，弄得脏兮兮的。才勉强过了关，给了我三块多钱。尽管这工钱来得不容易，但总算是有劳有得。第一次赚到了零花钱，感觉自己仿佛一下子长大了。

一条金沙江，横亘在我们村前，江水宽阔，碧波荡漾，是村民游泳消暑和摸田螺的好地方。但我们小女孩不会游泳，只能望江兴叹，偶尔也约上要好的小伙伴，到田间的沟渠里玩水。水渠两侧长满了咸草等各种翠绿的植物，渠水清可见底，鱼虾来回穿梭。我们在水里捉小鱼，抓小虾，捡河蚬。抬头云在天上走，低头水在脚边流，但有时流过去的不是水，而是细长的水蛇。

有一回，我就看见一条小水蛇在咬我的脚。当时，我正聚精会神地在泥土中搜寻田螺，突然小腿一阵疼痛，转身一看，水蛇的小嘴巴正在咬我，“啊……”我惊骇得大声呼喊，小家伙也被我吓着了，连忙逃之夭夭。我仔细一看，伤口还在流血。心里担心极了，匆匆赶回家。幸好奶奶告诉我，水蛇是没有毒的，但仍觉得心有余悸。

我几乎每天都要往山上跑，采野果子，捡杧果，采野花。那时的每一寸土地，每一片果园，都是有主人的，不像现在，整座山都成了荒山，果树成了没人照管的孩子。

我家的果园，以李子和阳桃为主。每年的四五月，李子开始成熟，枝头缀满了令人垂涎三尺的脆李，绿的清脆，红的酸甜。用手搓一搓，用嘴吹一吹，就直接吃了。究竟吃了多少个，数也数不清了，只知道吃得牙齿都酸掉了，米饭也咬不动了。

任何一个乡间孩子，都曾经偷摘过果子，但并不是每一次都那么幸运，也有被发现的时候。

有一年的暑假，我们一群发小聚在一起绣花。不知道谁先提议，后山有一片果园，阳桃熟了。于是大家一拍即合，以为午后时光，大家都在午睡，肯定不会被人发现的。我们一路走着，笑着。爬上弯曲的小山路，来到了半山腰的果园，刚钻入阳桃林，忽听有人厉声大喝：“你们是哪家的野孩子，居然敢来偷东西，我要告你们家长去！”

我们吓得纷纷逃跑，一时慌不择路，全部都往山上狂奔，一口气就跑上了山顶，累得上气接不了下气。见下方静悄悄的，果园的主人并没有追上来，这才松了一口气。放眼望去，眼前的山岭开阔壮美，铺满了茂密翠绿的松柏树，白云如棉絮在空中盘旋，近得似乎伸手可摘，又遥不可及。俯视我们的村子，则成了宽阔平原上一个微小的角落。

这座山头我第一次上来，没想到登高临远的风景如此秀美。山的左侧，全是青翠的果树，徐徐向山下延伸，山脚下坐落着一个极小的村子，二三十户人家，一汪碧绿的小池塘，环绕村庄。青山绿水小村落，安静地躺在明艳的阳光之下。远方是碧波万顷的农田，还有隐隐约约的各种景象，美得让人忘了身处何方。

虽然虚惊了一场，但眼前的迷人景色，缓解了忐忑不安的心情。我们绕过山峰，从山的右侧择路下山。仿佛经历了一场惊险的跋涉，竟然兴奋得再也无心绣花了。

萤火虫，空中飞，忽明忽暗亮闪闪。夏日的夜幕刚刚降临，我们便拿着小瓶子走向村外的田垄，萤火虫正沉浸在它们安静的世界中，在漆黑的夜空里，燃烧着它们的快乐。它们飞得那么慢，我们悄悄靠近时，竟没有丝毫的惊觉，就被我们抓进了瓶子中，拧上盖子，变成了一盏照明灯。

但我们又担心萤火虫在瓶子里被闷坏了，又急忙打开盖子把它们给放飞。流萤星星点点，闪烁在静寂的夜空中，如同童话中的梦境。

那样的夜晚，美丽、梦幻，是刻入心间的美好，是暗夜里独有的诗意。

这些珍贵的童年记忆，闲散的好时光，静悄悄地远去了，像一首古老的曲调，回荡在悠远的岁月里。那是属于一个孩子心中独特的风景，可以回味一辈子。

作家何越峰在《不器：我只是个生活家》一书中，是如此剖析童年的，他说："童年为什么会成为一个人生命中最珍贵的记忆，而大量别的时间只会悄悄流逝，无法被记忆留存？因为在童年这种没有定义的时间里，每个孩子都可以没有心机、没有目的、没有功利地玩耍，那是一生中最纯洁、最漫不经心的光阴，不用去考虑对错与好坏，因此，童年对每个人来说，都是无穷无尽的，是任何别的时间都不能代替的，是只属于自己的时间。”

“童年之所以令人怀念，是因为那时候我们一度拥有永恒。”他说得真好。

## 清清池水，绿绿菜蔬

那时，村头的这口大池塘，仿若镶嵌在大地上的一颗蓝宝石。池水清盈柔润，水中倒映着白墙灰瓦的村舍，绕村行走的青山，走走停停的云朵，蓝天碧水，静谧秀美。

春雨绵绵之时，山上密密匝匝的洁白李花压弯了枝头，桃花水从山涧潺潺流淌，跨过布满小石头的沟沟壑壑，一路不停地和春草耳语，流过野草莓的身旁，穿越竹林，顺着老屋的墙脚，流入村道的小水沟，最后全都汇入池塘，被池水包容接纳。

春水盛涨，村里突然出现了许多口小泉眼，泉水从地里冒出来，淙淙流泻；井水从溢满的井沿流下来，和泉水汇集成一股股小细流，与檐下的春燕互相唱和，往池塘的方向缓缓流去。

一泓绿水，涨满陂塘，仍静静地迎接无数奔向它的细流。村头的水闸，日夜不停地泄流，把池水引入坑沟，流向远处的农田和沟渠。孩子们都喜欢在水沟里撒网捕鱼，水深及腿而已，清澈见底，鱼虾来回穿梭，成了我们戏水的乐园。

池塘边经常人来人往，嘈杂喧闹，有洗衣服的，有赶鹅戏水的，有游泳的，还有我们这些无所事事的总往池里扔石子的孩子。我经常望着满池深幽的池水，看天光云影在水中徘徊，看鱼儿悠然自在地荡起圈圈涟漪，我甚至猜想水底是否有一个神秘世界，是我所未知的。

寒冬腊月时节，池水变得清浅了。某一天，突然发现池水已被抽水机给抽干了，只剩下光秃秃的池底，满是稀巴烂的黑泥。这才幡然了悟，清澈的池水底下，并无任何意外的美景，除了沙土，仍是沙土。

池塘里已经聚集了很多人，似乎正在捡拾宝贝。于是，我们也都回家拿着小桶，顾不上泥土的寒凉，卷起裤管直接走入了池底。摸田螺，抓小虾，偶尔还能捡到菱角，甚至抓到一些不大不小的龙箭鱼和鲫鱼，池底的宝藏让我们惊喜和意外。那天的晚餐，丰富极了。

水是一座小村的灵魂，承载着人们的欢声笑语。素朴的村舍，环绕的群山，因一池绿水的点缀，显得更加灵动清秀；我们的生活，也因这方池塘，增添了无限的乐趣。

池塘边上的堤坝下，有一片很大的菜园，那些年刚好被我的家人承包了。我几乎每天都要到菜园里走走，那里是一片更让人欢乐的地方。阳桃树、龙眼树、香蕉树、番石榴树等，夏有荷兰豆、黄瓜、丝瓜、南瓜和冬瓜；冬有芥蓝、茼蒿、油菜花、椰菜花和包菜，是一个丰富的植物世界。

我在里面欣赏植物的成长，看着它们从扬花到结果，果实从生涩到成熟的过程。我喜欢树下之阴凉、林木之苍翠，每一棵树，都是熟悉的朋友，它们静默在泥土里，只管生长和仰望天空，接受阳光眷顾，与月色私语缠绵。我流连于草木之间，清润新鲜的气息，常常使我深深地陶醉。

菜园还连接着另一个小池塘，比大池塘里的池水更加青绿，水面平滑，碧波袅袅，没有一丝悬浮物，全是干干净净的水。

偶尔也坐在菜园的草地上，双脚伸进清凉的水里，看小鱼虾远远游来，又远远地游走，却怎么也抓不到。就这样静静地坐着，池水轻轻晃动，一池的云影天光也跟着一起晃动，晃得我有些微醺，似乎已经和大自然融为了一体。

每天放学后，我便拿起竹篮和小刀，跑到菜园里割菜。割下鲜嫩的空心菜和青葱，再摘一大把荷兰豆、一条黄瓜、几个阳桃。偶尔还会发现树上自然成熟的香蕉，像蜜一样甜，还有一股淡淡的芬芳，那是香蕉特有的香气。

青菜提回家后，我负责择菜和清洗，奶奶炒菜。暮色里，我们吃着自家菜园里的新鲜瓜菜，白米饭颗粒饱满，是用早稻收割不久的稻谷碾出来的，糯糯的饭香，鲜鲜的菜香，昏黄的灯光下，我们都吃得那么满足。那样的黄昏，仿佛盛满蜜汁。

这一小片菜园，是一座取之不竭的矿藏，只需付出汗水和时间，就能源源不断地生长出青的菜、甜的果。

池水荡荡，清碧幽蓝，倒映着青山与云儿；蔬菜叶水润润的，鲜鲜绿绿，挂着小水珠，躺在地上等着下锅；树上的果子，从青到黄，一个接一个长大、饱满、成熟。

大地像一位无私的母亲，回馈的永远比你给予的还要多。

## 我的启蒙老师

我自小生活的潮汕乡村，人们日常交流习惯用潮语，这种方言与普通话有很大区别，潮语有八声，而普通话才四声。潮汕话具有非常浓厚的地方特色，是一种古远而特殊的方言，语感和语序较普通话相去甚远，其复杂程度，尤胜普通话。

小时候，乡下的教师基本都用潮汕话上课，语文老师常用不标准的普通话给我们朗读课文，普通话与方言掺杂在一起，味道相当奇特。在这样语境下长大的我们，普通话都讲得很普通，有点像煮不熟的米饭一般的生硬，也不懂得将日常口语转换成普通话的语序。

小学三年级时，我曾经在村口遇见一位操普通话的外省青年，他穿着朴素的衣裳，脸上挂满风霜，头发凌乱，神情焦虑。只见他连续向几位乡亲问话，结果没一人听懂他的语言。

那时，南下的打工潮还没开始，村里极少见到外地人。他瞥见我是位学生，即刻喊住了我，我细细聆听之下，终于弄清了他的意思，原来他是在问我附近有没有工厂。

“我……我……不大……清楚，这……附近有……有没有……工厂，你……你……可以……出村，到那边……的……的大路看……看看去……”

我的脸涨得通红，手足无措，想迅速把方言转化为普通话。但是，第一次做这样的事情，才发现这不是一件容易的事。已经习惯用方言语序思维的我，表达得结结巴巴、断断续续地无法成句，急得泪花在眼睛里打转。

男青年看我说得这么辛苦，连忙道谢，又笑着对我说：“小姑娘，不用紧张，慢慢说。”我费了九牛二虎之力才把话说完，羞得无地自容，很想找个地洞跳下去。

这是我首次在生活中运用普通话表达，虽然出尽洋相，窘态百出，但总是一种宝贵的生活体验。从此，如何说好普通话，就成了我经常惦记着的事。

直到小学五年级，语文课换了刚调来的陈胜秋老师，他比较年轻，讲一口流利而标准的普通话。还记得他给我们上的第一节语文课，全程用普通话教学，第一次接触这样的上课形式，我们都兴奋和紧张。

陈老师经常用抑扬顿挫的语调，给我们朗读课本中优美的文章和动人的故事，很让人陶醉。那些枯燥无味的古诗和文言文，在他的细致讲解下，也变得有趣而生动了。

他是农民的儿子，朴实善良，上课认真，有亲和力，喜欢和学生互动，班里的学习氛围非常好。每当下课铃声一响，我们就一窝蜂地往他的办公室里钻，他总是微笑着，耐心地解答我们的问题；也经常看到他和调皮捣蛋的男同学亲切交谈，看得出来，陈老师并没有放弃这些差等生，而是期望通过自己的努力，教育和改变他们。

我还记得，我们的学校依山而建，被浓绿茂密的群山包围。教室外绿树繁花，修剪整齐的女贞树绿篱，缀满了像雪一样素白的花朵，味道浓郁；红硕的木棉花挂满树梢，跟红领巾一样鲜红。阳光从木棉树上穿透而下，筛下点点光斑，映在奔跑的我们身上；陈老师站在走廊下望着我们，脸上有木棉花一样明艳的笑容。

有一件事我印象极深。一天早上，校长带了十多位老师，到我们班里观摩。陈老师好像感冒了，嗓子有些沙哑，给我们朗读课文时，他虽然尽量提高音量，但声音明显乏力，越来越暗淡。我们都紧张地望着老师，生怕他出错，影响考核。但他却泰然自若、神情淡定地坚持用暗哑难听的音色，情感饱满地把文章一字不漏地读完了。这个过程其实并不容易，很能考验一个人的心理素质。

那一天，我们都被老师的坚定毅力给震撼了，纷纷缓过神来，专心听讲，积极发言，与老师进行互动，就这样，一节生动的语文课终于完美地结束了。

我变得越来越喜欢上语文课了。普通话在课堂上的普及运用，也极大地提高了我们的普通话水平，渐渐习惯运用普通话的语境和语法思考问题，日常的普通话交流已经完全没有问题。

原来困扰我的作文，渐渐地变得不再困难和厌恶。我甚至开始喜欢写作文，这都得益于陈老师的鼓励，每当他在课堂上拿我的作文当范文朗读，或者把它贴在教室的墙报上，我的信心就会增加一分。一个孩子的积极能动性就这样被全方位地调动起来。

回想起来，我现在这么热爱文学，也源于陈老师那时的启蒙作用，是他认真灵动有趣的教学形式，激发了我的学习热情，引领我走进文学的殿堂。一个人兴趣爱好的养成，无不和少年时期的经历有着莫大的关联。

但是，母语就像人的胎记一样，很难消除，儿时养成的蹩脚普通话一直是我的短板。有一次，学校组织朗诵比赛，陈老师让我前去参加，我非常胆怯，推辞了好几次。可是，他却非常肯定地对我说："我知道你可以的，一定要对自己有信心。"

我在家里对着镜子背诵了好多遍，但当我站在讲台上的时候，还是紧张得手脚发抖，脑袋发晕。那一刻，我的眼睛无助地望向了陈老师，他刚好也温和地望着我，眼神里充满了鼓励和支持，使我一颗不安和紧张的心，渐渐松弛。

虽然最终我的表现仍不尽如人意，可是完成比完美更加重要。这算是一次珍贵的人生体验。

小学毕业考的前夕，学校给我们开设了晚自习课，陈老师不辞辛劳，每天晚上尽心尽责地给我们辅导。他最大的愿望，就是班里的每一位学生都能考上理想的中学。

夏夜的窗外树影婆娑，影影绰绰，学校沉浸在暗夜之中，充满了神秘的味道，晚风吹拂，不时飘来女贞花独特的香气。我们习惯称它为“雪梅花”，大概因为它长得像雪花一样洁白清雅。教室里的我们在夜的包围里，在女贞花的幽香中，在老师的鞭策下，积极地复习。

毕业考那天，午饭过后我在家里复习功课。可能是疲劳过度，竟然睡着了。睡梦之中，被奶奶给摇醒了，发现陈老师竟然来到我家。原来下午的考试即将开始，他发现我居然还没到教室，万分担心，焦急地跑到我们村里，一路询问，这才找到了我家。我惭愧极了，紧张而慌乱地跟随老师赶到了学校，虽然考试迟到了，但如若再晚一点，考场就封场了，真是好险哪！想起这事，我的心中充满了感激，遇见这么好的老师，是我的福分。

现在想来，我那时家庭发生变故，却没有因此而自卑，这都得益于陈老师的鼓励。他让我参加学校里的各种活动，每个学期我都被评为“三好学生”，这使我的校园生活变得美好，充满了希望。

离开学校以后，我时常想起小学里那段纯白的时光。那样纯真的岁月，怎能不让人怀念呢?

现在，陈老师已经退休了，告别了他一生挚爱的讲台，但他并没有闲着，而是每天双脚不离地，勤恳地侍弄着家中的菜园。对他来说，讲台和田间农事，都是终生的事业，是他最喜欢的工作。

这些年，我一直和陈老师保持着联系，虽然他总说自己老了，但在我的心里，时光会老，他依然年轻。

## 一双美丽的眼睛

年少的岁月，都是慢时光。天空如蓝布，白云似纱裙，我是蓝幕底下那个孤独的孩子。

刚上初中那会，仿佛一下子长大似的，我的心底突然就有了一些忧伤的情绪，对周遭的一切逐渐敏感，时而多愁善感，时而顾影自怜。

后来，我遇见了一双清澈的眼眸，忧郁在不知不觉中被治愈了。这样泉水般明净的眼神来自我们的英语老师。

蔡楚娟老师那时才 20 多岁，笑容甜美，说话时眼睛炯炯有神，里面注满了一汪明澈的泉水，水灵灵的，晶莹纯净。

她是性情温婉的女子，教学灵动，爱护学生，无形之间激发了我们的学习热情。爱屋及乌，我对英语课很快地产生了浓厚的兴趣。

我总是带着愉悦的心情来到校园，用百倍的精神听讲。学习一旦认真起来，知识就能得到完全的吸收，成绩自然优异。

她上课时总是那么温和，说话和风细雨，像姐姐聊家常，像朋友一般和我们互动，亲密无间。这样的上课形式，没有一点压力，真是让人喜欢。

有一天，蔡老师突然把我喊到教室外的走廊，对我说她已经帮我申请到了家庭困难补助金，可以去学校的教务处领款了。我倍感意外，因为我从来没向老师谈及我的家庭情况，不知道她因何得知。

但自卑的我，本能地拒绝了，因为我不想被怜悯；又好像一直捂得紧紧的秘密，在光天化日之下，突然敞露无遗，一时竟吓得有些手足无措。

蔡老师的眼里闪动着关爱的神情：“你是一个孤儿，学校应该给予照顾的，放心去领就好。”

我鼻子一酸，答应着回到了教室，趴在课桌上偷偷流泪。“孤儿”两个字生生地刺痛了我，但想起老师的细心和爱心，又仿佛一股暖风扑面而来，心头的冷意开始一点点地消散。

对于一颗弱小孤寂的心灵，这样的温暖如同寒冬里的一把火，足以抚慰人心。

教室外的草木在阳光的辉映下绿得耀眼，已经深秋了，植物依然容光焕发，不畏秋寒，我的心敞亮起来，明天，以及明天的明天，都成了可希冀的日子。

我起初以为蔡老师只是在履行一个老师的职责而已，然而，后来我发现，她对于我的关爱纯粹出自真心，那是对一个热爱学习、命运坎坷的孩子，发自内心强烈的同情和关怀。

因为过了不久，和蔡老师同村的两位同学，带来了她的口信，让我跟着她们俩上蔡老师家去。我兴奋得有点不知所以，踩着自行车穿梭在明媚耀眼的阳光下，心里一阵紧张，脑子里一片空白。

绕过一条细细长长弯弯曲曲的小山路，一个僻静的小村庄展现在了眼前。房子依山而建，山绿水秀，空气清朗。原来蔡老师就生长在这样好山好水的地方，心灵和这儿的山水一样秀美。

在同学的引领下，我见到了蔡老师和她的妈妈。她们都是热情和善的人，很快消除了我紧张不安的情绪。老师问了一些我的家庭情况，然后又不断地鼓励我：好好学习，好好生活。她的眼神里充满了深切的关怀，似一汪深潭荡起了微澜，那潮湿的雾气，把我的心也给暖化了。

临行时，蔡老师给了我一袋衣服，说是给我穿刚刚好，然后拉起我的手走向了屋外。

那一天，我是如何一个人回到了自己的村庄，我已经记不起来了。只记得回去的路上，我再也无心赏景，任由自行车在颠簸的山路上跳跃，心里一会儿狂喜，一会儿悲切，眼泪不断涌出，笑容却挂在嘴边。原来被人关心的感觉这么美好，我是何其幸运，就在同一天里，我不仅收获了同学的友谊，也获得了珍贵的师生情谊。

我以为这样的幸福可以贯穿我的中学时代，在蔡老师的关爱下，快乐地学习和生活。然而，这一切终究也只是短暂的。像梦一般，醒了就不复存在了。

第二个学期，英语课上没有见到熟悉的蔡老师。一天，两天，三天……英语课换了一位男老师，经常用一双黑白不分明的眼睛瞪着我，看得我心里发怵。他告诉我们，蔡老师调走了，我的心里一阵失落和伤悲。

一天的中午，同学又给我捎来了消息，说蔡老师正在家里等着见我，让我即刻赶去会面。

我急匆匆地赶到蔡老师家里时，她和家人还没吃午饭，房间里多了一位俊朗的男青年。

老师把我领到了她的小阁楼书房，房间干净整洁，桌上堆满了书籍，一看就是爱学习的女孩子闺阁。她说楼下的男青年是她的未婚夫，毕业后在广州工作，这次回来准备带她一起到广州结婚定居了。我心里虽然不舍，但这么美好的姻缘，肯定要深深地祝福了。

蔡老师特地嘱咐我:“无论换了什么样的老师，你都要继续认真上课。只有努力学习，才能拥有知识和美好的明天。”

我的心里溢满了感动，心想这些天她肯定非常忙碌，然而到了最后的一刻，她居然还没忘记我这个学生，特地为我预留了这短暂而又宝贵的相聚时间，可见老师对我的殷切期望和用心良苦。她正在用一颗真心无私地帮助一个生活遭受苦难的孩子，希望把她拉出泥潭，走向光明。

蔡老师把她在广州的地址写在了一张纸上，字迹娟秀，清晰有力，操的是一手漂亮的钢笔字。于是，这个地址后来就成了我们互通书信的桥梁。每个月我最盼望的事就是收到她的来信，信里都是暖心的话语，殷切的鼓励，孜孜不倦的教导。如同一位亲密的姐姐，陪伴我度过那些忧虑彷徨的青春流年。

我从蔡老师的身上，汲取了人生哲学和做人的道理，懂得了只有靠学习获得知识，从而改变自己的处境，撷取幸福的人生。

后来我外出打工，我们之间仍然书信不断，我的苦闷、快乐和忧伤，通过鸿雁飞书，得到了倾诉和安慰，成了我初涉社会无助之时的精神寄托。

这是一份多么深厚的恩情！以至于每每想起，我除了感动，总有一种无法报恩的内疚心理。但是，我明白她肯定从来没有想过回报，她对我的关爱，其实只是内心单纯的善念所驱使。

现在，我和蔡老师虽然没有生活在同一座城市，但她还是一如既往地关心我，默默地支持和鼓励我的写作。这是一种无声而温暖的陪伴。

师恩永远难忘。每当闲下来，我总会不自觉地想起她，眼前又浮现出她那双清净似水的眼眸，明亮似天上星，清澈如山泉水。这是一双美丽的眼睛，和她的心灵一样。

# 求学记

## 一

初中毕业时，我考上了城里的一所中学，我很高兴，为自己可以进入另一段有趣的学习生涯而兴奋。

那年的暑假，我拼命地在家里绣花，期望能多赚点钱交学费。清晨六时，太阳还躲在山峰的背后睡懒觉，我就起来了。在家门口支起绣花架，打开收音机，一边收听广播节目，一边在铺开的半成品毛衣上绣花。一直干到天黑，晚饭过后继续挑灯夜战。

一个人绣花，是一件多么孤独的事，若没有广播节目的陪伴，那些漫漫时光又该如何度过呢？

诗歌朗诵和经典名著演播，是我最喜欢的节目。第一次听到《简·爱》的故事朗诵时，我震撼得全身发抖。曲折生动的情节，逼真的演绎，简·爱高尚的人格和纯洁的灵魂，让我深深感动。

当简·爱说出这一段话："你以为我穷，不好看，就没有感情吗？我也会的。如果上帝赋予我财富和美貌，我一定要使你难于离开我，就像现在我难于离开你。上帝没有这样。我们的精神是同等的，就如同你跟我经过坟墓将同样地站在上帝面前。"听着，听着，我竟然哭了起来。

年少的我有了这样的认识：贫穷其实并不可怕，可怕的是一个人没有学识，没有一个自由的灵魂，那么他只能听天由命，根本无法像简·爱一样，获得这样的思想高度和觉悟，更无从追求自己的幸福了。

我隐约意识到，和简·爱一样命运坎坷的我，读书才是我改变命运的唯一出路。

可是，一个多月后，奶奶的话打碎了我所有的美梦。她让我放弃学业，她为这事已经考虑许久了。

奶奶流着泪对我说："你的叔父们都是一介农夫，收入微薄，靠田地里的那点收成，仅能温饱而已。他们的家中，也都有一对儿女需要供养，你如果不放弃的话，他们也会为你全力以赴，可是，那样的你就自私了。你已经 16 岁了，应该学会自立，靠自己养活自己了。"

20 世纪 90 年代初，广东沿海地区的服装厂如雨后春笋，多如牛毛，我的家乡 1000 多人的村子，就有三家服装厂。村里的一些女同学连初中都没上，或者初中一毕业就直接进了服装厂打工。我的奶奶有这样的想法也是正常的，学会一门手艺，总比遥远的求学之路来得更加实际。

奶奶抹了眼泪，又劝我说："你一旦读了高中，就会想要上大学。你的叔父们都过得不容易，不能给他们添加负担了，趁现在断了这念想吧。"

我哭着求奶奶："我只读高中就好，绝不上大学。可以吗？"可是，她仍是坚决不同意。

奶奶没有文化，是一个老实人，凡事量力而行，谨小慎微，从不敢有过多奢求。

但是，对于我来说，这无异于晴天霹雳，如坠深渊，仿佛未来失去了光明，前路一片漆黑。我开始日夜哭泣，以泪洗面，却一筹莫展。

奶奶铁了心，把我的录取通知书也给藏了起来。

夏阳炎热地烘烤着大地，也把我的一颗心灼伤得千疮百孔。屋后浓密的山林，知了一遍又一遍不断地尖叫，喊得人烦乱燥热，坐立难安。我的心空空落落，仿佛整个世界只剩下蝉的哀嚎。

我期待奇迹的出现，希望有人帮我打开另一扇门，让我踏上理想的道路。可是，生活现实得让人不敢直视，没有任何的奇迹，我依然弱小无助，依然只有眼泪。

夏日的村庄，安静得出奇，群山静默，所有我认识的人也在沉默，都不觉得一个女孩子放弃学业有任何的不妥，似乎我就应该乖乖地接受这样的命运。大暑的日子，我却感到冰天雪地一样的寒冷。

我不想过早地接触社会，我始终觉得自己单纯的一颗心，还无法应对这个看起来有点光怪陆离的世界。我还想贪婪地吸收知识，还想在书海里沐浴光辉，还想拥有足够的时间慢慢成长，当我站在地球的某个角落时，双脚有力，落地有声。

我靠刺绣赚来的钱，大约可以支付一学期的学费和生活费。于是，我又央求奶奶，让我只读一个学期就好，体验一个高中生应该过的学习和生活即可。但是，即便如此哀求，奶奶依然不答应。

我开始不理她了，互相僵持着。直到开学的时间过了，远了。

我已经流不出一滴眼泪。

在奶奶的观念里，不考大学的话，上高中就是一种浪费时间的行为了。

可是，奶奶不懂，我的人生正因为缺失了这三年的学业，此后的日子中，起点低微的我，求学和就业之路充满了艰难险阻，在自卑和逆行中，我要付出千百倍的努力，在困苦中默默忍受和学习，与命运奋争，才能弥补这三年的知识缺陷，这种不可逆转的遗憾却是永恒的伤痛。

一个家庭中，长辈的眼光和格局，往往对一个孩子的成长起了决定性的作用。

唉！一切都只能交付给一声叹息了吧！

或许奶奶做的是对的吧，人生任何时候都需要自力更生，哪怕我还只是一只羽翼尚未丰满的雏鹰，也只能学会在荒野中飞翔，即使跌跌撞撞，都是靠自己的力量。

可是，我仍然不甘心。难道我就应该屈服于命运的安排吗？放弃读书梦，成为工厂流水线上的一名女工，难道这就是我应该过的人生吗？书籍教给我的常识不是这样的，一个人如果没有知识的装备，那么这辈子将无法主宰自己的生活。

服装加工厂里，机器日夜不停地运转，白炽灯一盏盏从早开到晚，亮如白日光，12 个小时的工作，榨取了人们一天中最旺盛的精力，剩下的时间只能交给睡眠。那么，还有时间读一本书吗？还有时间学习和追求进步吗？还有时间看看这个精彩的世界吗？还有时间做自己喜欢的事吗？

可以想象，如果我进入这样的环境生活，那么我将失去思考的能力，我会变成一台机器，只是循环往复地工作。一个人失去了自我，活着的意义又将是什么呢？

我亲眼看见，一个乡村女孩子的命运，就是进入工厂上班，早早嫁人，而后埋在自己的家庭生活里，一辈子就过了！

我不想要这样的人生。

我听到，我的岸在远方喊我。可是，我的手中没有桨。

## 二

近乎绝望的日子，每一秒都在煎熬中度过。

前方已经没有路可走了，后退是我不能接受的结果。一个尚未成人的孩子，无法掌舵自己的人生，只是依稀遵从自己内心的梦想，并期待靠自己的微弱力量，奋力奔赴那光亮的方向。

姑妈知道我的愁苦，可是她也束手无策，无奈之下，只好求助于廷辉叔。在她看来，廷辉叔是我们村里恢复高考以来的第一位大学生，是才华横溢的学子，在城市有一个好单位，还经常利用自己的能力和人脉帮助村民，而且我们曾是邻居，他与姑妈又是莫逆之交。

在廷辉叔的指导下，我才知道，原来还有另一条读书之路，打工的同时，可以去读夜校，同样能获得大学文凭。这无疑给我指明了一个方向。

于是，我带着两本高一的语文课本，在那个中秋节即将来临的时刻，在小叔和姑妈的陪伴下，来到了汕头特区打工。

坐在拥挤、气味难闻的中巴车上，一路颠簸，我们三人都晕车了。叔叔和姑妈都没有说话，但我看得出来，他们的心里很难受，眼里流露着关爱和不忍。

就这样，16 岁的我开始了打工生涯，人生的第一份工作，成为了一名销售内衣用品的店员，月薪 300 元。

我和其他三位女店员年龄相仿，吃住都在店里，其中有一个女孩甚至没有上过一天学。我们都属于廉价的童工，身上不能带一分钱，只能在店里卖货，不能踏出店门半步，完全没有人身自由。

每天清晨，当商店的卷闸门咣当咣当响起的时候，睡在店里阁楼上的我睁开睡意蒙眬的双眼，心头涌上一阵莫名的悲哀，又是毫无意义的一天拉开了序幕。

在柜台前收拾货物，和客人讨价还价，站了整整一天，到了晚上双脚已经累得无法动弹。夜里关店后，洗漱完毕时已经是深夜的 11 时，眼皮上下打战，根本无法看书了。

金九银十，秋意日浓，秋风扫落的不仅仅是树上的枯叶，更有我心底所有的希望。

每当看到穿校服，戴红领巾，背着书包的孩子们从店前经过，我就开始流泪。

那个书包所背负的意义，不仅仅是装的课本，更是一条通往校园的路，通往知识海洋的路，通往未来美好人生之路啊！

而这个书包却是那么沉甸甸，沉重得我无法背起，从而掐断了我所向往的所有通道。

我只能困在那个小小的角落里，像一株刚从地里冒尖而出的小草芽，正晃着小脑袋准备接受阳光和雨露，却被一块巨大无比的岩石压住，无法动弹。于是，它只能透过岩石底下缝隙里的一点微光，呼吸一丝微弱的新鲜空气，感知外界的信息，并弓起小身子，如蛇爬行，试图穿越头顶上的巨石，望向蓝天。

是的，仅仅只是想看到蓝天！

马路对面是一条堤坝，下面是一条穿越城市的河流，向南流入南海，向北流入韩江，蜿蜒曲折地流向我的家乡。夜里关店之后，我常到堤坝上吹风。对于这座城市，我能接触到的景色，就只有这条黑夜里的小河。墨黑的水里，融入我的泪水，载着我的梦想，却无处着陆。

第二年，我果断地辞职了。虽然老板娘很欣赏我，要认我为干女儿，资助我读书，让我管理一间店铺。但我明白，从商之路并不适合我。

走出这个令人压抑没有人身自由的小店，在廷辉叔的帮助下，我走进了他和怡颜姨生活的圈子，一段奇妙的缘分就这样开始了。

廷辉叔和阿姨那会还没成婚，都很年轻，只是因为辈分的问题，才如此尊称。

阿姨出生于潮州文祠山区，长得眉清目秀，气质文雅，说话轻声细语，字润腔圆，音色甜美，比本地电视台有些主持人的声音还要好听。

她性情温顺，从没见她发过脾气，像一朵淡雅的栀子花，恬静地绽放芬芳。和她在一起，心里总觉得很舒坦，让人想亲近和依赖。

知道我的情况后，她待我如家人，呵护有加。第一次逛夜市，第一次吃肠粉，第一次喝牛奶，第一次吃麦片，第一次吃烤面包……人生中的许多个第一次，都是阿姨给我的。

## 三

不久，在廷辉叔和文忠兄的帮助下，我进入了一家服装厂当文员，负责给工人计件和核算工资。文忠兄和该厂老板是朋友，允许我夜里不用加班，可以去夜校上课。我学历太低，能找到这样的工作，已经很好了。

在选择专业方面，廷辉叔建议我选择中文或者会计。那会我觉得阿姨从事会计工作，在这方面肯定可以给我指导，于是我果断地报了会计专业。

上了一个学期之后，才发现不擅长算数的我，上课如同“鸭子听雷”。第二学期，我改读了中文专业。那个年代，自学考试含金量最高，但是入门容易出师难，要完全吃透每一门学科的知识点，才能取得合格证。

服装厂的住宿条件和伙食都很差，我居住在不足五平方米的杂物间，吃的是只有几片五花肉和青菜的盒饭、漂着葱花的清汤，不上学的夜晚，经常得加班。庆幸的是，我已经拥有了自由和独立的个人空间，拥有了可灵活支配的一点闲暇时光。

尼采说：“一个人知道自己为什么而活，就可以忍受任何一种生活。”

当我骑着自行车，穿过开满金凤花的街道，来到灯火明亮的教室，摸着熟悉的课本，听着老师声情并茂地讲课——那一刻，我恍惚如梦。朝着有光亮的方向爬行，真的可以触摸到蓝天。

后来，服装厂倒闭了。因为要上夜校，我不得不找一些薪资不高，但不用上夜班的单位。自己租房子，费用比较高，经常距离月底还有一周时间，工资就已经见底了。晚餐只能煮两碗白粥，炒一个鸡蛋，还有一盘菜市最便宜的青菜，节制而清贫地度日。

慢慢地，我熟悉了自学考试的技巧，为了节省学费，就没再去学校听课，而是自己买课本自学，按时参加考试。除了上班，其他时间我都沉浸在学习之中。大专课程还没修完，我就开始修本科汉语言文学专业的课程。

《外国文学史》《中国古代文学史》《中国现代文学史》……这些课程，使我积累了一定的文学知识。晚上放学回来，街市地摊甚是热闹，卖什么的都有。我喜欢去旧书摊看书，看得最多的是世界名著，还有一些苏联文学。

一个人，独来独往，心中总有一种悲怆之感。当秋风乍起，冬夜寒风飒飒，孤单的身影，不自觉地走向那个温暖的家——那是叔叔和阿姨的家。他们的家永远无条件地向我敞开，成了我在这个城市唯一可以停靠歇息的港湾。

每逢我到来，阿姨总是做好吃的饭菜款待我，饭后也不让我洗碗。我总觉得她既像姐姐，又像妈妈。在她的身上，我看到了传统潮汕女子的典型形象，秀外慧中，贤妻良母。

廷辉叔博学多才，家里陈列着各类书籍。我最喜欢与他聊天，从家乡的风情习俗，到社会世事、历史文学，无所不谈。我总惊讶于他的满腹经纶，佩服他那正直善良的品行。那样的夜晚，我觉得自己离幸福很近，苦难的生活变得遥远。

文忠兄时常来服装厂帮忙维修机器，带着他招牌式的笑容。他和我同村，算起来也是远房亲戚，像廷辉叔和阿姨一样，是我在这座城市的亲人。每当看到他，我的心里就有一种踏实感，觉得自己有了依靠，并不是举目无亲的漂泊者。

想想看，汪洋大海一样陌生的城市，如若没有他们给我擦亮的火苗，我根本没有勇气游向彼岸。每当我感谢他们的时候，廷辉叔总是说："我只是起了桥梁的作用，一切都靠你自己的努力。"文忠兄很内敛，只是望着我，笑而不答。阿姨则深情地说："晖，我一直视你与外甥女阿燕、孙女阿纯一样，是自家人。"我眼眶一红，千言万语，顷刻化为满眼泪花。

这是一段难忘的打工生涯，虽然工作强度没有流水线上的工人那么劳累，但上班时间长，生活质量差，营养严重缺乏，体重一直只有八十斤左右。还好有书可读，心中并不觉得苦，反而无比充实。

经过一段时间的电脑操作培训，我应聘到本地的一家企业从事文秘工作；接着，自学考试大专文凭拿到了，我又进入了一家上市公司上班，并且函授了本科文凭。至此，我的生活总算安定下来了。

我不敢说靠读书改变了命运，但我终究还是靠自己，养活了自己，圆了心中的梦想。

## 阅读之旅

我的阅读之路应该追溯到童年时代。那时，村里的孩子们都喜欢阅读小人书连环画，图文并茂，生动形象，浅显易懂，是每个孩子开启阅读的第一步。

20 世纪 80 年代末，农村家庭有电视机的寥寥无几，这些小人书，就成了孩子们的精神食粮。具体看了什么内容我已经忘记了，只记得《西游记》肯定是有的，《封神榜》也是有的，其他的已经无从追忆。但凡得到一本小人书，我就像得了宝贝一样，蹲在门槛上看得津津有味，仿佛正在喝着琼浆玉露。

到了小学的二三年级，小人书已经不能满足我的阅读需求了，故事描述过于简单了，看不过瘾。后来跟同学借了《山海经》和《故事会》，真正地体验到了阅读的快乐。

可以说阅读是另一种人生的体验。单调的乡村生活，唯有阅读才能让一个孩子打开无数扇门，让眼睛和心灵通向无数条不一样的道路，抵达远方的风景，体验世界的多样性。

读三年级的时候，我开始迷上武侠小说。起因是我们的班主任是一个武侠迷，他经常利用第二课堂，给我们讲起金庸的武侠小说《侠客行》。小说的情节波澜起伏，加上老师讲得十二分生动，声情并茂，扣人心弦，很快就把同学们引领进了小说的世界里。于是，我们天天盼望每周一次的第二课堂，那种焦急迫切的心情，仿佛在等待一个盛大节日的来临。此事印象极深，虽时隔多年，那种兴奋和期待的心情仍萦绕心间。

第一次阅读武侠小说，是无意中在家里拿到了四叔的一本梁羽生著的精装版《萍踪侠影》，一位移居香港的亲戚寄来的。文字全是竖版，繁体字，非常难读。我逐字逐句反复推敲，完全被小说给吸引住了，甚至还把里面优美的诗词都摘抄下来。如果一个孩子喜欢上一件事，他总会想方设法地去钻研，就像这些笔画复杂的繁体字，肯用心研究，也不是难题了。

从此，我一头扎进了武侠的江湖里，沉浸在汪洋肆意的侠义世界中。

上了初中，看书的方向发生了变化。90年代初，琼瑶和岑凯伦的言情小说风靡大陆，我们这些小女生也无法幸免，全部臣服了。下课铃声一响，女生们就把书包里的小说拿出来读，简直入了迷。

我真正阅读纯文学的作品，是刚出来打工那会，在一家小型的服装厂上班，晚上去夜校上课。放学的路上，常发现路旁昏暗的街灯下，摆着不少旧书摊。那时我穷得连便宜的旧书都买不起，只能蹲在旧书摊前贪婪地阅读文学小说，直到双脚发麻，实在无法坚持，才恋恋不舍地回去。

那时，看得最多的是外国小说，还有一些文学大师的随笔集。有一次，我花了两块钱买了一本卢梭的《忏悔录》，这本书于我来说，内容有点深奥，但从中我看到了卢梭的哲学思维和思想体系，由此我开始思考：除了好好地活着，我应该成为一个什么样的人？

在这些旧书当中，我认识了高尔基、托尔斯泰、屠格涅夫、陀思妥耶夫斯基、普希金、奥斯特洛夫斯基、罗曼·罗兰、巴尔扎克等作家。之后我就经常跑去书店，找寻他们的自传，特别想知道他们的人生故事。

日子清贫、孤独，但书里的世界却给了我营养和暖意，使我有了抵御贫寒困苦的能力，甚至感到一丝来自生活的幸福。

李娟在《冬牧场》里写道："人之所以能够感到'幸福'，不是因为生活得舒适，而是因为生活得有希望。"就是因为这点也许是微弱却闪烁着光芒的希望，还有对未来无穷无尽的期许，成了支撑每个普通日常的精神支点。

后来，在朋友的推荐下，我找到了这座城市的图书馆，从此，我的阅读视野被打开了。那里的书籍很齐全，从国外名著，到中国古典小说，中国现当代作家的作品，应有尽有。我看到了很多敬仰的作家的作品，它们整齐划一地摆在书架上，每次借书总是无从下手，选择困难，因为在我的眼里，每一本都是好书。

有一回，我读了梁晓声的小说《今夜有暴风雪》后，突然就迷上了知青文学。那个时期，我阅读了梁晓声和路遥的大部分作品，疯狂地迷恋着他们的文字，并试图从他们描写生活经历的文字中，挖掘他们创作的心路历程，还有思想状态，从中获得心灵共鸣和榜样的力量。

路遥的随笔集《早晨，从中午开始》，至今我还记得这本书里他的一张照片，那是一个孤寂的路遥，神情疲惫，但目光坚定，在幽暗的光线中，默默抽烟，仿佛在凝思，仿佛在微笑。他是用灵魂和生命在写作。

我也开始追星了，但我追的不是影视明星，而是这些文章里充满了力量感的作家。

再后来，我更换了几份工作，越来越忙碌，虽然生活质量得到改善，却在忙碌的工作中迷失了自我，心灵变得粗糙和浮躁，渐渐失去了阅读的热情和动力，除了看一些文学期刊，已经无法安静地读一部小说了。

没有读书的日子，一颗心无处安放，有虚空之感。

罗兰说："书本是人类精神上的营养剂。缺少了它，生活必有缺陷。"

我明白，在我和书籍疏远的那刻起，我就已经跌进了沙漠，跋涉艰难。当一个人，只是为了生存而过日子，精神必定是空虚的。

生命长河中，唯有阅读能给人开启智慧。在阅读中思考，在思考中成长。心灵需要注入清澈的泉水，才能变得柔软、明亮，才能辨清方向，指导我们的双脚，走向自己的理想王国。

当我再次捧起书本，潜入我曾经畅游的书海时，我又一次体会到了琦君所说的"做一个快乐的读书人"的妙处，那是一种"上接古人，远交海外"的快乐。

## 人生的灯塔

我的姑妈没有上过一天学堂。因家庭成分不好，她没有上学的资格。看着同龄的小伙伴背着书包去上学，姑妈心里充满了悲伤。

成长环境对姑妈幼小的心灵产生了极大的影响，她总觉得低人一等，自卑，敏感，多思。也磨砺了她坚强的个性、直面困难的勇气。

姑妈热爱学习，不甘心听从命运的摆布，成为一个目不识字的村姑。于是，在父亲的引导下，她学会查《潮州音字典》，自学认识了汉字。长大后她最喜欢读古诗词，尤其是伤感类的唐诗宋词，她总是沉浸其中，悲春悯秋，感怀人生。《三国演义》和《红楼梦》，姑妈更是爱不释手，百读不厌。

暑假时，我总跑到姑妈家里住，跟着她一起绣花。那是一段愉快的时光。

乡下的白天，安静得连一根绣花针掉落在地都听得清楚，偶尔一两声鸡啼，两三声狗吠，远远近近的买卖吆喝声，有时还会传来收破烂的叫喊声。这些声音稀稀落落，把村庄衬托得更加寂静。

我们在享受这样纯静时光的同时，也在洗耳聆听姑妈讲故事。

她的记忆力很好，年轻时读的书籍，居然都能熟记里面的故事情节，时隔多年以后，讲述起来依然流畅无比。特别是《三国演义》，里面那么多细节和人物，她都能一一记住。

姑妈偏爱诸葛亮和关羽这两个人物，佩服诸葛亮的神机妙算，一讲到“草船借箭”和“空城计”，对诸葛亮更是赞不绝口。她说周瑜和诸葛亮都一样才华盖世，然而两者相比，周瑜的智慧还是略逊一筹，好强的他却不肯承认，这是周瑜之悲。“既生瑜，何生亮”，徒留哀叹。

姑妈钦佩关羽的忠肝义胆，夸他是一个忠厚仁义之人。她说年轻时，读到关羽在襄樊之战中被害，伤心得抱着书籍痛哭了许久，差点昏厥。可见姑妈是一个多么感性之人。

对于三国鼎立，她有自己的见解：天地和，曹操占了天时，孙权占了地利，刘备则占了人和。那时我不懂，问什么是“人和”。姑妈答：“刘备其实能力一般，但他重情义，忠厚善良，有人格魅力，很多有才华之人都愿意死心塌地跟随他。如没有诸葛亮、关羽、张飞、赵云这些忠诚之士扶助，他根本无法与曹操抗衡。”

姑妈当时的许多观点，就算到了今天仍是正确的。可见在偏僻的农村，和周围的许多村妇比较，姑妈的才识要高于她们。读书增长了她的见识，也拓宽了她的视野，而不是一个眼里只有一亩三分地的农妇。

姑妈喜欢林黛玉的善良，总是为她可怜的命运而惋惜，把她的诗反复吟诵，全都刻进了心里。其中有一首诗，姑妈特别惊叹，多次向我推荐。那是史湘云和林黛玉的对诗，史湘云的上联是“寒塘渡鹤影”，林黛玉对了“冷月葬花魂”。她说这句诗对得工整、凄婉，令人泪流。

有一段时间，我热衷于武侠小说，姑妈就给我读金庸的《金蛇碧血剑》。她说书比较直白，讲的是潮汕方言，容易听懂，声情并茂，抑扬顿挫。讲武打场面时，声音变得如刀似剑地凌厉；说到剧情紧张的地方，甚至站起来比手画脚。

每一个故事都太精彩了，狠狠地抓住了我们的心。有时正听得津津有味，不料已近晌午，姑妈不得不起身做饭，我们兴犹未尽，还沉浸在剧情之中，午饭也吃得不那么香了。

后来，姑妈还讲了《林海雪原》《青春之歌》《野火春风斗古城》等小说。她讲得细致生动，植入了自己的感情和理解，至今我仍然记得少剑波和林道静这些人物形象。

可惜后来我们都上学了，也就没有时间听书了；再后来，我外出打工，姑妈说书，就只能成为一种美妙的回忆了。

可以说，姑妈是我的文学启蒙老师。在那些年少时光，是她引领我走入了文学广阔善美的世界，并且在我的心中种下了文学的种子。

不仅如此，姑妈还经常给我传授她的人生哲学观和生活经验，使我在人生的旅途中少走了许多弯路。

姑妈告诉我，读书不能泛读，这样像浮云掠影，根本无法掌握其精髓。她一般只读自己喜欢的书，精读书中的精彩部分，并反复思考和消化，这培养了她善于思考的能力。

她还把读书的方法运用到了生活之中，经常告诫我说："人要学会三不：不说废话；不结交价值观念不一致的朋友；凡事三思而行，不要人云亦云，跟风随众。"

年轻时，每当过节放假，我一回到家乡，总是喜欢跑去见朋友。奶奶和姑妈等了几个月，好不容易盼我回了家，却一整天不见我的影。姑妈说了我好几回："朋友固然重要，但也要多挤些时间留给家人，你的奶奶年纪大了，更需要陪伴。我们只是想多看看你，和你谈谈心。"

可惜那时的我总把姑妈的话当成了耳边风。直到我年纪渐长，才真正懂得姑妈说的每一句话，都是至理名言。

在工作方面，她经常提醒我，上班要认真对待工作，切记不要和同事在背后议论别人，成为一个长舌妇，这是最要不得的。也经常鼓励我，遇到任何困难都要学会坚持，不轻易放弃；凡事不能慌张，一切问题都有解决的方法，有些事急不得，船到桥头自然直。这些朴素的生活道理一直让我受益良多。

姑妈在育儿方面，也是比较成功的。表弟和表妹从小在她的培养下，品学兼优，都考上了重点大学。她说其实方法很简单，培养孩子良好的学习习惯最是关键，平常也要与孩子互动，了解他们的思想动态，多给些鼓励，增强他们的自信心。

我想这个过程其实要花费很多精力。姑妈为了赚点生活费，起早摸黑拼命工作的同时，还不辞辛苦，尽心尽责地教育和关心孩子，可见作为一位母亲，她是伟大的，是值得我学习的。

多年以来，姑妈如慈母一样给我无私的爱和教诲，是我心灵温暖的港湾；亦如一位人生导师，像灯塔一样指引我走向每一个明天。

## 在泪水中微笑

父亲是在一个早上去世的。记得那天的天空一点色彩也没有，世界灰蒙而混沌。看着进进出出、慌张忙碌的家人，我一阵茫然。

11岁的我已经被吓傻了。我不能相信，怎么一个人，可以说没就没了呢？就这样远离他至爱的亲人，从世间永久消失吗？他有灵魂吗？如果有的话，灵魂会飘向何方呢？还能回来看我们吗？失去了父亲，我还是我吗？

奶奶哭着喊："阿妹啊！你父亲走了，赶紧哭。"我心里猛地生疼起来，仿佛被一块巨石击中，"哇"地一声哭了出来。但我仍然不敢相信这个事实，没有经过医生的确认，奶奶和叔父们是不是弄错了，或许我的父亲只是太累了，需要好好睡一觉。

后来，父亲被抬到了太平间，穿着整齐的蓝色衣服，神情异常平静。我再一次以为，父亲一定是睡着了。可是，他躺了两天，仍然没有醒过来。

我开始感到绝望，接着是害怕、悲伤，还有不知所措。

办理父亲后事时，很多亲戚前来帮忙。有人指指点点地说："这个可怜的孩子，从此没有父亲了。"

我木然地望了他们一眼，没有流泪，只是静静地吃着饭。我假装自己很镇定，很坚强，像大人一样。

在一片林木苍苍的山坡上，我亲眼看着父亲的遗体被封进棺材，被一铲一铲的黄土覆盖，然后消失不见了，只剩下一块冷冰冰的石碑。一阵刺骨的寒冷从我的心底冒出，原来这就是所谓的阴阳两隔！

树木青葱，满山碧翠，山脚下是一池清水。从此以后，父亲就要长眠于此，长伴绿水青山了吗？

生命究竟是什么？哭天喊地地降临人间，又悄无声息地消失。为何走得如此匆匆，不给人商量的余地？为什么老天不能善待父亲？他勤劳善良，朴实得如同一棵一无所求的果树。难道这就是所谓的命运吗？是任何人也无法左右的命运吗？

从山上下来，我走在池塘边上，双手捧着香炉回老屋。路上遇见两位男同学，他们远远地指着我，不知道在笑着什么。我一下子回到现实之中，一股悲怆之感涌上心间，泪水吧嗒吧嗒地掉下来，似乎自己和别人有了一些不一样的地方，究竟哪里不一样，我一时又说不上来。

日子继续向前走……我逐渐发觉，没有父亲的日子，原来真的不一样。当母亲奋力想离开村庄时，我意识到，一个家庭失去了顶梁柱，正在风雨中飘摇，顷刻就要散了。我亲眼看着它分崩离析，却无能为力。

但是，只要不是让我离开村子，我仍然觉得自己是完整的。村庄用它的气息和山水养育我，我相信自己能落地生根，即使长成为一棵干瘦的、枝叶稀疏的、并不好看的树，但依然是一棵根基牢固、风雨摧残不倒的树。

在这个我从小生长、足迹踏遍的小村落，我熟悉每一条巷子、每一片山坡，甚至每一棵树的姿态、每一朵野花的芳香。

我熟悉这座村庄，如同村庄熟悉于我。

我观察过春天是怎样变成夏天，夏天又是怎样变成秋天的。太阳一年四季在东边不同的地方升起，又从西边不同的地方沉落。一棵杨梅树，什么时候结果，什么时候最甜。果子什么时候成熟，什么时候上山能捡到杧果和橄榄。哪条山路有野草莓，哪片山坡有茂密的竹林，哪条山沟有奇石，哪座山头有野山稔……这一切，我都知道。

而这一切，正是一个孩子获得快乐的源泉。

冬天清晨的暖阳，从高耸的山峰羞羞答答地爬上来了，斜斜地钻进了我的床上。“该起床上学啦！”奶奶的声音从屋外传来，接着又听到她搓洗衣服的声响。我一睁眼，世界都躺在金灿灿的日光中。没有阴霾，有的只是光亮。

我背上书包，跑下山坡，沿着水池，走向那条通向学校的山间小道，像鸟儿一样的欢快。学校是我最喜欢去的地方，草木葳蕤的校园，宽敞明亮的教室，老师阳光般的话语，同学明媚的笑容，都足以让人心里明朗透亮。

“奶奶，我们晚上吃什么菜呢？”

“你去池塘边的菜园子瞧瞧去，想吃啥，就摘下来。”

奶奶话还没说完，我已经提着小篮子一溜烟跑下了山坡。

一个孩子最容易感受到幸福。只是那么一点简单的满足，就能感到人世的温馨。如同一棵树，获得了阳光和雨露，就别无所求了。

时光的褶皱里，忧伤是可以用快乐抚平的，而快乐是一个人得以健康成长的源泉。

成长的岁月里，我始终向阳而生，心怀良善，学会感恩和珍惜。

没有一朵花，是简单地开放。没有一粒种子，能在长期的阴暗里生长。它要的都只会是光亮。我也是一样，始终在寻找光源，像植物一样落地生根后，朝光明的方向破土发芽。

因为心中有太阳，眼里有光亮，我才能一边流着泪，一边在微笑。

直至今天，我依然不后悔 13 岁时的决定，我的根始终在故乡的土壤里。

尼采说：“当你远远凝视深渊时，深渊也在凝视你。”

生活的深渊可以吞没一个人，当你怯懦的时候。你只有把它当成一条路，才能从深渊里走出来。

# 第二辑　切切故乡情

## 悠悠天宇旷，切切故乡情

在我的心里，有一个地方让我时常念念不忘，那就是我的故乡。我想每一个外出的游子，每一个嫁出去的女儿，应该都有一个乡愁。那个生养我们的地方，根植于心灵深处，融入血脉，魂牵梦萦。

想起以前外出打工，每逢过节，我就算晕车吐得胆汁都出来了，也一定要回家，因为我知道奶奶在家里等着我，我不回去，她会落寞伤心；而过节之时，在异乡漂泊的我，没有吃到奶奶做的饭菜，便会觉得失去节日的气氛而郁郁寡欢。因此，虽然每次的假期很短，却一直乐此不疲地坚持回家。那时，有家人在的地方，便是我的乡愁。

自从奶奶走了以后，我就像断了线的风筝，找不到回家的动力，虽然我也惦念姑妈、叔父们。现在，有了两个孩子的牵绊，我回家乡的次数越来越少，但还是坚持每年都回去，看看村庄，摸摸老屋，和亲人叙旧，倍感温馨。这时，乡愁也许就是一种怀念。

我并不是一个从小就非常有主见的小孩，但是，当母亲要带我离开村庄之时，我的态度却无比坚决。这种家乡情结，无人教授，它自然生长，刻于心里，根深蒂固。

暑假，我带上女儿回到故乡，让她感受我从小生活的地方。还没到村口，远远就看到连绵的山峦和安静的村庄，一切似无变化，仿佛我还是童年的我，我的眼前又出现那个瘦弱的小姑娘在村里奔跑的样子。

远远望去，蜿蜒的群山碧绿葱茏，草木茂盛，但我知道，那些山林早已经没人打理，到处荆棘丛生，荒草萋萋，俨然变成了一座座荒山。我的父亲就埋在那座山头，我却只能在山脚下静静地仰望着他，想念着他。

多年以来，家乡逐渐改变了容颜，老屋渐渐破败，到处残垣断壁，那里有过或幸福或悲伤的故事，但岁月已将它们远远地封存在时光隧道里，留在了人们的记忆深处。村民纷纷搬进新房，有的甚至举家迁到城里安家，老房子慢慢变成了空巢，如迟暮的古稀老人，在风雨中飘摇、坍塌。

现在看这些老房子总是令我不禁感慨，原来我们住过的地方竟是这么矮小，为何每一次看见村里的马路，每一次都感觉它在变小呢？小时候，每当大雨过后，积水的马路常常让我害怕，因为总觉得它像一条小河，无法跨越。现在才知道，原来小时候眼里的大路，其实也就两三米宽而已。

村里已经看不到炊烟袅袅，听不到牛儿哞哞，只有小鸡和小狗各自觅食，常住的村民越来越少了。路上遇见一些老人，非常面熟，竟一时想不出如何称呼；在村里玩耍的小孩好奇地打量着我，我也端详一番，却互不认识，真应了那句“儿童相见不相识，借问客从何处来”。

一株株可爱的狗尾巴草，在池塘边随风飘荡，摇曳多姿，无虑无愁；紫色的牵牛花俏丽盛开，装点着夏天的色彩，偶尔有车驶过，但并不喧嚣。村子是那么恬静安详，它静默不语地迎接我，而我则感慨万千地走进它的怀抱。

晚上我带着女儿在村里散步，山村的夜晚是安静而幽黑的，只有几盏昏暗的路灯，看不到月亮斜挂柳梢头，却有满天的星星在闪烁，如同钻石般点缀了整个夜空，璀璨明亮，有我们在城市看不到的光亮和美丽。女儿说：“妈妈，这里的星星真漂亮啊！”我跟女儿说：“这才是星星该有的样子，它们一直是这么闪亮的，如果想和星星说话，我们一定要到乡村来，因为这里离星星最近。”

入夜，我静静地躺在故乡的怀里，安然入梦。“悠悠天宇旷，切切故乡情。”我们始终走不出故乡手中的丝线，因为那是剪不断的乡愁！

## 老巷子，旧时光

有那么一个地方，我们总是深藏于心，一生眷恋。即使漂洋过海，即使多年未见，也始终念念不忘。那个地方就是我们的故乡，我们曾经居住过的旧宅。

回到故乡，寻找儿时村里那些老巷和旧院落，这样的心情无比复杂，感慨万千。如今那里成了一幅幅只能翻阅的画卷，它们老了，破了，静了，远了。要靠近它，仿佛需要莫大的勇气。

老巷子，绵长幽深，残破不堪，每一间房子的门锁均已锈迹斑斑。在我外出的这些年里，它们经历了一场又一场的风霜雨雪，经历了日复一日的岁月侵蚀和洗礼，在时光的穿行中慢慢地衰老了。

似水流年，带走了旧时光，也催老了这些老巷子。岁月远了，房屋老了，在流年寂静无声的消逝中，一切都改变了容颜。

山风穿巷而来，带着深秋的凉意，让人不禁打了个寒战。犀利的巷风，像一把尖刀，插在心口上，是这样的疼痛。那些远去的旧时光，此时此刻，只能追忆，只能缅怀，却永远也回不来。回不来的时光，在老巷里尘封，发酵成心里的怀念。

到处是残垣断壁，如同我此刻斑驳的一颗心。不见了那些熟悉的面孔，不见了门前的绣花娘，不见了袅袅炊烟，不见了我们快乐奔跑的身影，没有一只狗，更没有一只鸭，岑寂得如同周围环绕的群山，不管我的心里如何澎湃，它们只静默地矗立，无语地诉说着历史和曾经。

此刻，那些久远的旧时光透过斑驳的门墙，慢慢地向我走来。

看起来窄窄的老巷子，曾经是我们童年里温馨的家，承载了我们的欢声笑语，还有苦甜酸涩的生活滋味。这里，曾经是繁华的、拥挤的，也是温暖的；这里，曾经有许多的故事，都安静地沉淀在岁月的烟尘里。

那时生活虽然贫苦，却拥有简单的快乐。我们的父母每天辛勤地劳动，一家人吃着自家种的青菜和红薯，却仍然觉得津津有味；还不到十岁，我们都已经学会了砍柴、绣花、做饭、洗衣服；放学后，我们可以在村子里自由奔跑，随意串门，邻里和睦，互帮互助，亲密无间；闲时，和小伙伴在巷子里玩游戏，捉迷藏，看蚂蚁吃虫子。

小时候，我总喜欢满村乱跑，去不曾走过的路，遇不曾见过的人。有时会路过一些寡居的老奶奶家门口，看老奶奶在门前晒太阳，或者蹲在老屋的门口烧饭。一个小小的火炉，撑着一口小小的锅，锅的外观已被熏黑，只有锅里跳动的米饭是白色的。

“老姆，您这锅里就这一点饭，能吃得饱吗？”我好奇地问。老奶奶笑嘻嘻地回答：“当然可以啦！我一个老人，吃不了多少饭的。你是谁家的孙女呢？我猜，你应该是某某家的孙女，是不？”老奶奶的牙齿都掉光了，脸上布满了皱纹，一波三折地横挂着，看起来饱经风霜，她眯着一双浑浊的眼睛，端详着我。

火炉里的火苗扑哧哧地冒着，老奶奶一边望着我，一边不时地给炉里添加木柴。斜阳的余晖，穿过巷子照射在门前，映在老奶奶的脸上，那些横七竖八的皱纹仿佛更加深了，我的心里一阵难过：“您是一个人生活？”“老人家没人要了。唉！”长长的一声叹息，叹息里有无奈，也有孤苦。

每一条巷子，每一间房子，都记录着一个生活故事。如今，这一切均不可复现，如同流水，消逝无影，唯一烙在心里的只剩下回忆。怅然，失落，五味杂陈。我们出走半生，归来恍如隔世。

终于在一条巷子里遇到了熟人，我的小学老师，长长的巷子里只有他和老伴居住。秋风不疾不徐地来回吹拂，岁月安静地写在了他的脸上，当初的中年人，如今已是接近八十岁的老人了。虽是如此，老师的精神和气色都很好，他说："住在这里挺好的，生活方便，老房子夏凉冬暖，适合养老。"

老师在门前种植了许多花草，有金不换、红辣椒、夜来香、昙花、猫须草，还有许多可药用的青草。这些花花草草，一盆一盆地铺满了整条巷子。人生最幸福的事，莫过于老有所依，怡情养性，还有人陪你慢慢变老，如此，便是岁月静好的模样。

每一条老巷子都那么熟悉，装满回忆。我来回穿梭，不断感慨，唯独不敢靠近那一间房子，仿佛只要前进一步，心都会被撕成碎片。我甚至不敢望一眼那个窗口，更不敢经过那个门前。

这些年，一路漂泊的我，究竟是如何走过来的呀！步履艰辛，一切恍惚如梦，梦里全是哀伤。

黄昏了，夜幕悄悄来临，星子爬上夜空，乡村一片静谧。我在夜的掩护下，静静地抚摸着伤口。

老屋在，故乡在，乡愁就在，我们的心灵仍有所依。以后的以后，它们也许会变成废墟，也许会永远消失，那时，我们便真的找不到回家的路。趁现在，它们尚好，虽旧，虽老，但我们还能通过它寻找那些过往的回忆。

## 清明寄哀思

总是在这样的季节里，感伤惆怅，有满腔的思念，有萦怀的愁绪，春风虽温柔，却驱散不了心中的哀伤；天空没有一滴清明雨，心里却有雨滴不停息。

清明时节，思念成灾，缅怀亲人，山野寂寂，无处话凄凉。

人生苍茫，日子匆匆又匆匆，转眼之间，一切都成过往。来不及好好和那些美好的岁月缠绵，来不及好好和那些我爱的人、爱我的人，好好说话，好好相处，好好作别，却已经定格成永远的不可相见。看不见熟悉的身影，听不见温馨的话语，梦里梦外，一切皆是虚空。

小时候，经常被奶奶牵着小手，踱步在村街小巷，时间很慢，童年很长，恨不得赶紧长大。于是，总是错误地以为，时间很多，非常充裕，可以慢慢享受，于是，不断地忽略那些和奶奶相依为命的时光。

原来，有一天，奶奶也会老去，也会消失，想念之时只能仰望星空。

我是一根没有父母牵挂的浮萍，多年以来，我漂泊异乡，浪迹天涯，我已经忘了有父母是一种什么样的感觉。忘了父亲手心的温度，忘了妈妈怀里的感觉，别人眼里不屑的父爱和母爱，却是我最稀罕的亲情；别人厌烦于父母的唠叨，我却要在梦里才能听到。

亲爱的，请你告诉我，和父母在一起是怎样的一种感觉呢？

我的成长岁月里，没有父母的谆谆教诲；我的婚礼仪式上，缺少了泪眼婆娑的爹娘；我的女儿们，喊不出外公和外婆；我的人生，有太多太多的遗憾和忧伤；我的眼泪，在每一个清明节长流成河。

父母在，人生尚有来处，父母不在，人生只剩归途。

我只能把思念，编成长长的风铃，挂在老屋的屋檐下，任凭寒风吹彻，也要等待一缕温暖的东风，摇动思念的风铃，寄托一腔清明的哀思。

我要把故乡的每一座山岗、每一寸土地，都镌刻在我的胸口，我只要伸手，就能触及家乡的山和水，我只要呼吸，我的亲人便不曾远离。

山间野草，绿了又黄，黄了又绿；田埂的野花，岁岁盛放，生生不息。不管是生长于荒野里的野菊花，还是养在我窗台的兰花，它们的每一次绽放，都如同生命的天籁，不管不顾，不悲不喜，兀自开放。

看到兰花的娇颜，我收起了滂沱的泪水，我明白了它们的花语，生命是一场又一场的轮回，绽放之时，请珍惜每一寸光阴，珍惜每一个风清月明的日子；凋谢之际，零落成泥，却是对大地无私的奉献。生命的意义或许就在这轮回之间，熠熠闪光。

清明，是一个缅怀的日子，也是人生感怀的时刻。放下过往，珍惜当下，对每一朵鲜花微笑，把每一个日子都当成一首诗，尽情地唱，开心地活，这或许正是我们已故的亲人，最希望的样子吧。

亲爱的，请你告诉我，我说得对吗？

## 半山坡的风景

每次回到家乡，我都想去看望那所建在半山坡的老屋。那是我自幼生活的地方，有我熟悉的场景和气息，还有温润悠长的往昔回忆。尽管现在已经成了荒芜废弃的家园，可是，它盛满了我的乡愁，留下了我和家人生活的点点痕迹，隐藏了三餐四季的所有细枝末节，氤氲了我曾经的青春韶华。

房子依山而建，我家的房子在最高一层，上去之时，需经过一条陡峭的泥沙路。这是父亲和叔父他们年轻之时，依靠自己的力量，自建的两间半房子。凿山、搬土、打地基、砌墙、粉刷，全都亲力亲为。20 世纪 80 年代，在农村能自建一所房子，是一件不容易的事。

半山坡的房子虽然交通不便，却有诸多好处，登高临远，视野开阔，清晨最早迎来乡村的第一缕霞光，傍晚远眺斜阳款款沉落于天际，清风朗月，不请自来。它带给我的生活美学，还有心灵的富足感，是弥足珍贵的美好体验，回味之时，仍觉暗香盈怀。

小村庄三面临山，一面依水。山峰高低起伏，共有七座小山头，名曰“七屏山”。山是丘陵山脉，虽不高耸，但草木丰茂，鸟语花香，青山绿水，秀色可餐。岭南的天气四季如春，居家绣花之时，抬头可见蜿蜒的群山，碧绿葱翠，生机盎然。

冬日的清晨，太阳在左侧的山峰飞跃而起，朝晖铺满门前，一地温暖。清冷的山林，松柏树、桃树、李树隐隐约约。山野偶尔飘来人语回响，侧耳聆听之，却模糊不清。远远望去，寂寂空山，但闻人语，不见人影。只见果园之间树影晃动，影影绰绰。

夏日的黄昏，暮色渐渐合拢，倦鸟已累，归巢而去，知了喊了一整天，声嘶力竭，无力鸣唱。眼前的山峰慢慢隐入黑夜之中，变成墨黑的一片。山风徐徐拂来，给闷热的夏夜注入了丝丝凉意。这样的时刻，最宜把饭桌搬到屋外，吹凉风，吃薄壳。薄壳也即海瓜子，夏季最美味的海产品，壳薄肉鲜，与植物“金不换”同炒，肉质鲜美，汤汁滋味更佳。晚风和薄壳，是儿时的夏夜绵长而悠远的美好回忆。

月圆之夜，半山坡的风景就更美了。

月亮刚钻出山头，屋前银霜遍地，山脉和村庄都沉浸在柔美的月华中，朦朦胧胧，依稀可辨。树木欢愉地沐浴着月光，偶尔传来竹林沙沙的声响，天地一片沉寂，只有一轮皓月踽踽独行。

山腰地势高，月亮看起来显得大而圆，明亮皎洁。我喜欢坐在屋前的石栏上，一颗心跟着月亮走呀，走呀。看着它穿行在浩瀚辽阔的星空中，让水一样的月色浸润着我。

好房子就应该在这样的地方，不缺阳光、空气、绿山、秀水、虫鸣、鸟叫，还有山风和明月。

我经常站在屋前欣赏西斜的落日，流霞飘扬的天边，夕阳沉没的地平线，似雾一般缥缈的地方，是我一直向往的远方。在我的潜意识中，远方是繁华和热闹，有一切城市该有的样子，巍峨的摩天大楼，衣着光鲜的人们，有一个乡村孩子所无法知道的一切物象和美食。

对远方幻想的画面，每一天都在我的脑海中构建，它不断地变化着，随着我的胡思乱想，随着我的天马行空。我甚至无比羡慕太阳，它可以抵达任何地方，用亿万年的光阴俯视整个大地。

远方给了一个少女无穷的想象，我以夕阳为载体，无边地向往着山外精彩的人世，无形之间也给予了我力量，使我不觉得住在半山坡有多么孤单，有了对抗多舛命运的信心。因为我明白，有一天，我也会走出半山坡的生活，寻找远方的远方。

多年以后，我却站在曾经向往的远方，遥望故乡的方向，深情地怀念着老屋半山坡的风景，还有那一轮城市的夜空里代替不了的明月。

外出打工之后，每次回到半山坡的家，总可以看到这样的风景：山青青，天蓝蓝，云白白，风清清，空气干干净净，凉凉爽爽。白云亲吻着山峦，翠竹高高伸向蓝天，白花花的日光笼罩着墙篱上的太阳花，奶奶蹲在地上搓洗着木桶里的衣服，突然小燕子啾啾地扑棱一声，掠过电线杆，打破了这宁静的早晨。奶奶和邻居阿嫂开始有一句没一句地聊着家常。

这种日常是最幸福的时刻，漂泊的心得到了片刻的安静。远方不管有多好，家才是心之所向的宁静港湾。

然而，随着流光一天天地远去，消逝的岁月终成了一本厚厚的旧书，半山坡的风景也成了书中的一个章节，我只能依靠回忆不时地翻阅和回味。

## 画一个月亮在心里

晚上站在阳台晾衣服，不自觉抬头遥望夜空，发现对面楼的墙角上，居然悬挂着一轮圆圆的清月。

原来又到了月圆之夜。已经记不清楚上一次赏月是何时何年，常常不自觉地忘记了它，仿佛它已经远离了我。其实，它一直都在那深幽的天穹中，不离不弃。

自从来到城市生活，四周高楼林立，我开始住在不着土地的空中楼阁中，过着时常看不到月亮的晚上。城市灯火辉煌，夜晚如同白昼，月亮好像是没有光亮的星体，它出现也好，隐藏也罢，似乎没有多少人理会。城里也有月光，可是这道光照不进人心，入不了人眼，人们行色匆匆，日夜忙碌，月亮仿佛是多余的。

在我生活的那些年少时光里，在乡村生活的人们，一直过着白天有太阳，夜晚有月亮的生活，人们与天地万物密不可分，紧紧相依。每个月，月亮从弯弯的上弦月，慢慢丰满成一轮圆月，而后又缺角成一钩下弦月，我们看着这样的月亮度过了多少漫漫长夜。

每逢月圆之时，月亮像一个洁白的水晶球，散发出乳白色的清辉，如晚风轻轻拂过我们身体的每一寸肌肤。我们在月光下踩单车、跳绳、玩捉迷藏。我们不停地跑，不停地玩，月亮也跟着不停地挪动脚步，不停地欢笑。它的笑是那么圆润，那么温柔。这个柔美清亮的圆盘，是挂在我们头上的一盏夜明灯。

月光似水的夜晚，白天仿佛被拉长了，农夫在田野里就着月色干活，女人们在月光下打理家务，孩子们则牵着月亮，从村头跑到村尾。山野被镀上了银色的光辉，杧果树下有月光筛下的斑驳月影，鸡和鸭抱着月光安静地睡觉，那样的夜晚便是我童年的日常。

偶尔停电了，月亮是村里唯一的公用大灯泡，人们三五成群坐在门前赏月喝茶和唠嗑。月色笼罩了村庄，地上铺满了银光。那时，月亮在空中畅游，我们在月光中穿梭，四周的景物似真如幻，影影绰绰，缥缥缈缈，仿佛我们也和嫦娥一样，居住在神秘的广寒宫中了。

还记得那个炙热的夏日，那是父亲去世后的第一个暑假，我和母亲到田地里收割水稻。母亲不是劳动能手，年少的我也手无缚鸡之力，我们从早上干到晌午，又从午后干到天黑，才把稻谷收进袋子里。

收拾好一切之时，月亮已经高挂天际，静寂的田野只剩下蛙鸣虫叫。我们在月光的保护下，忍着疲惫和饥饿，相伴着走回家。那时，望着空中明亮的皓月，我的心里涌起了一丝暖意。如若没有这盏明灯一样的月亮，我和母亲该如何蹚过那些沟沟壑壑，跨越那些崎岖不平的乡间小路。

还有数不清这样的夜晚，清凉的月色似柔软的薄纱一样，轻轻地盖在我和奶奶的身上，奶奶把那些久远的往事揉碎在月光中，妥妥地贴在了我的心里。那样白花花的月光，那些令人动容的人生之歌，如甘泉一般滋养了一个少女纯善的心灵。

远离了故土的这些年里，月亮依旧东升西落，而我的心又去了哪里？

我成为了城市中茫茫人海的一员，而城市是一个不需要月亮的地方。我像作家韩少功一样，过上了严重缺月的生活，以至于长期和月亮失联。韩少功还可以在家里设计一个宽阔的大凉台，把月光贪婪地收揽和积蓄，他只要伸出双手，便能看见每道静脉里月光的流动。

可是我的阳台太小了，我牵着月亮的绳子，总是被四周的楼墙割断。于是，我只能画一个月亮在心里，里面住着山野和草木、银河和流星，还有我的亲人、我的故乡。

# 田野如诗

生活在城市的孩子，对于蔬菜和水果是怎么种出来的，经常感到好奇。像我女儿一样，总是问我："水果是长在田野里还是山坡上呢？""西红柿一出生就是红色的吗？"一个从来没有踩过泥土的孩子，她无法想象植物生长的模样和过程，也欣赏不到田园的欣欣向荣，碧绿葱翠如诗如画的景象。

暑假之时，我带着女儿回到了家乡，让她吹吹田野的风，摘一摘野花和野草，到小叔的田里，欣赏他亲手种植的玉米地。

女儿第一次来到田野，快乐得像一只小鸟，欢欣雀跃，眼神里充满了新鲜和好奇。

小叔种植玉米已经好几年了，收成不错，每一年我们都能品尝到这来自故乡土地里的深情馈赠。

眼前的这一片玉米丛林，苍苍郁郁，绿波荡漾，还在努力生长之中。一片玉米树可以收获三批果实，除了售卖，还能天天吃上新鲜的玉米。无论熬汤，或是清蒸，都香甜鲜嫩。

小婶喜欢把玉米切成两段，与米饭一起同煮。吃饭的时候，一打开锅盖，一股玉米的清香立刻扑面而来，空气中散发着稻谷香、玉米香，食欲无形增加，一顿饭吃得酣畅淋漓。

玉米种植的过程，其实并不容易，小叔花尽了心思，每天早出晚归，浇水施肥，精心打理。土地是大地给予农民的天然资源，但如果不用心对待，加以耕耘，它是不会回馈我们任何美味食物的。

小叔的田地里还种了木仔，学名番石榴，这种水果据说是引进了台湾品种。我记得小时候，木仔是一种有点涩的水果，个头小，有很多籽，口感一般，产量不多。由于自家山上种了很多，果实熟透之时，香甜可口，但吃多了很容易上火。

后来，村民开始引进台湾品种的番石榴进行大规模种植，这种经过改良后的番石榴，个头大，像梨子一样酥脆香甜，汁水多，吃起来口感好，品性也有改进，有润肠之功效。

番石榴的种植也是需要细心的照料，当果实长到有脚指头大的时候，就必须用小透明袋将其包起来，否则容易遭虫咬而坏掉，这项工作既费时又耗力。每一颗果实的产生，不仅是天与地的厚赠，更是带着农人辛勤的汗水和心血，才能呈现在人们的眼前。

一排美丽的香蕉树笔直地站立在水沟边，绿绿的香蕉叶随风飘舞，如同女子的翠绿裙摆，在蓝天白云的映衬下，婀娜多姿。小叔很会利用空间，田埂的空地闲着也是闲着，干脆种植了十几株香蕉树。也许过不了多久，一串月牙儿的小香蕉就能长出来了。

香蕉这种植物在潮汕地区最是普遍，尤其是我的家乡溪口镇，香蕉远近闻名，因为土质的问题，出产的香蕉甜润松软。香蕉树好养活，无须花费太多精力。一棵香蕉树每年结一串香蕉，一串香蕉有几十根之多。

最美味的香蕉，当属在树上自然熟的那种，甜得如蜜似糖，一股甜蜜的清香，使人神清气爽。但这样的香蕉我只在儿时吃过，因为还没等到香蕉熟透，早已经被机灵的鸟儿们给抢去了。

领着女儿认识和了解玉米、番石榴、香蕉，接着开始采摘野花。田野中有很多不知名的野花，颜色鲜艳，多姿多彩。随便采上一把，就是一束清新美丽的花束了。

小叔在杂草丛中挖出了一棵野草，竟是野生的灯笼果，真是让人惊喜。灯笼果是一种富含维生素，可清热解毒的水果，营养价值高。果实裹着一层外衣，像一个小灯笼似的，皮薄浆多，外观晶莹剔透，成熟时似一颗黄色的宝石。它还有一个名字叫姑娘果，多么贴切。

这时，已是下午的六时，夏阳依然火辣辣地挂在西边，晒在脸上，竟有些发疼。金黄的光辉倾洒下来，绿油油的田野一片安详。天地有大美，而它不言语。

踩着松软的泥土，闻到了土地和绿草的芳香；清澈的水沟，细水长流；纵横交错的田间小径，野草芬芳；女儿的黑发在晚风中飞扬，笑声荡漾在广阔的田野中。

课本的知识毕竟有限，生活中的常识却需要从自然界中汲取。让孩子走出封闭的屋子，到郊外、山间、乡野感受自然的美景，扩大视野，增长知识。这是多么重要而美好的事。

喜欢农村恬淡的生活，更喜欢乡野自然的风光，却不得不在城市里蜗居。有多少人，住在繁华的都市，心灵却向往着诗与远方的平静，也许心灵栖息的好地方，就是你我的故乡，那里就像一首诗。

# 早秋的乡野

岭南的季节总是比北方慢一大拍，已经初秋了，却丝毫没有清凉的秋意，也不见萧萧的秋色。

早晨八时许，走在家乡的田野上，阳光炙热，如同正在燃烧的火炉，慢慢地烘烤着大地。立秋刚过，高温依旧，强烈的阳光晒在脸上，有丝丝灼热的痛感。

乡野的植物欣欣向荣，绿荫如盖，有细长的甘蔗叶颤悠悠的淡绿，有香蕉叶垂挂如百褶裙的浓绿，有会长脚的百香果叶的深绿，还有野草丛中挂满灯笼果的浅绿。这些深浅浓淡不一的绿呀，静静地披在大地上，似一张毛茸茸的绿毯子，一直伸向远处的山篱。高低起伏的山峦也是绿色的，如玉带蜿蜒爬行，绿润葱郁的山林，在阳光的照射下，绿得发光、发亮。

天空澄静碧蓝，白云似一朵朵棉絮，紧紧地贴在蓝天上，似乎怕一不小心，会摔落人间；又似纱裙，飘忽忽地挂在半空中，好像在等着天上的仙女们前来试穿。天蓝得纯粹，云白得皎洁，远远望着，赏心悦目。

天空是高远的，大地是宽阔的，田野是静谧的，它们浑然一体，而我好像是多余的。

空气里有丝丝薄雾，若有似无地飘来泥土的气息，还有草木的清香。路边紫色的牵牛花恣意地绽放，旁若无人地四处蔓延；青翠欲滴的茑萝爬满了篱笆墙，叶子如绿针，似绿线，密密麻麻地长在碧绿的藤蔓上，一面绿意荡漾的墙就这样自然地长在田垄间，上面还点缀着数朵红艳夺目的茑萝花，像小小的五角星，贴在绿墙之上。绿是清绿，红是艳红，诗意无限地写在安静的田野里。

小路旁茂密鲜绿的牛筋草，还残留着清润的小露珠，亮晶晶地挂在草叶尖上。昨夜露似真珠月似弓，今朝骄阳无情催别离。

人生亦如朝露般短暂，抓住草叶尖也无法阻止时光的流逝和更替，那就静静地成为一颗露珠吧，像星子一样明亮纯净，如珍珠般晶莹剔透，即使无法永恒，也要闪闪发光。

耳边忽听叮叮咚咚的流水声传来，时有微凉不是风。田间纵横交错的小沟渠，流水潺潺，清澈见底。

“问渠那得清如许，为有源头活水来。”这水来自前方清幽翠竹边一条流动的水沟，水沟旁有一个方圆五十亩的菱角池。池面上铺满了深绿色的菱叶，飘荡着细碎的小浮萍。放眼望去，一望无际的绿，像草原一样辽阔无边。

碧绿的菱叶间漂着六艘小舟，舟上的采菱人头戴斗笠，双手为桨，边划边采摘菱角。我的耳边不禁响起古老的《采菱曲》：“菱角何纤纤，菱叶何田田。”“采菱秋水旁，惊起双鸳鸯。独自唱歌去，风吹荇带长。”

此刻，蓝天下，碧波上，成群的蜻蜓，数只云雀，两只白鹭，一舟一人一笠，宛在水中央。这样的乡野美景呈现在眼前，似真如幻，让人忘了身处何方，今夕是何年。如一幅淡淡的水彩画，清新生动，浑然天成。

蜻蜓不安分地翩跹起舞，从菱池飞到果园，从果园飞到田地。它们有着五颜六色的身体，靓蓝，深红，青绿，美得让人眼花缭乱。不自觉地追逐着蜻蜓，跑在乡间的小路上，抓不住也要无限靠近它，只为一睹芳颜。

浅浅的谈笑声，从田垄间传来，在田间劳作的乡亲们，正在收拾农具准备归家，宁静如水的田野突然热闹了起来。原来，刚才他们都隐藏在玉米地里，在果树丛中，在瓜果藤下挥洒着汗水。

在青翠的田野间，我还是发现了秋的影子。地里的苦瓜藤、黄瓜藤、丝瓜藤有的开始枯老，叶子渐渐黄落；一畦长豇豆全部枯死，只剩下残枝枯藤，还有几根垂垂老矣的老豇豆，在阳光下晃荡。

也许再过不久，这满园的繁绿终为秋色所代替，那时秋水已瘦，徒留残叶败花，惹人悲秋。趁现在秋风未起之时，我赶紧把眼前乡野新秋的鲜绿、水草肥美的丰盈，描在眼里，珍藏心间。

## 黄昏下的乡村

每当黄昏降临，晚霞染红了天边，斜阳缓缓西坠，我的心海就开始荡起波浪。站在城市的阳台，眼前是稠密的钢筋森林，纵横交错的柏油路，奔流不息的车来人往，这样的景致枯燥而无趣。我开始怀念起故乡的黄昏，我想借用掠过天际的小燕子的眼睛，帮我望一眼那座村庄此刻安静的模样。可是，小燕子只留下一曲我听不懂的旋律，就飞远了。

一个初秋的下午，我和女儿来到故乡的田野，静候黄昏的来临。

秋日的田园依然绿波荡漾，斜阳下绿野披上了金光。一条小丝瓜垂挂于藤架，还在努力长个，蜜蜂在淡黄色的丝瓜花上方不断缠绵亲吻。地上野草青的青，黄的黄，都染上了金色的霞光。一只土色的青蛙在草地里跳跃，灰不溜丢的，但在这珍贵的土地里，看到了跳动的小动物，依然是一件让女儿无比兴奋的事。

秋阳似虎，金光辉映，把西边的云朵渲染得流光溢彩；东边的天空却有些阴暗，东南方正飘来一团蓝灰的云层，慢慢地朝我们靠拢。天空半边灰暗半边泛红，这阴晴不定的天空，多像我身在市而心在野的矛盾心情。

噼啪啪！滴答答！雨滴突然像豆子似的从天际倾洒下来，鸟儿鸣啭盘旋而飞，蜻蜓霎时没了踪影。突如其来的骤雨让我们措手不及，雨衣还未穿好，衣服已经淋湿，双脚瞬间沾满了被雨滴拍打而回弹起来的泥沙。

正在恼怒之际，却发现雨幕下，夕阳依然明亮闪耀，红光冲破云层正温柔地抚摸着大地。西边日出东边雨，我和女儿沐浴霞光，淋着清凉的秋水，站在宁静的暮野中，相视而笑了。

东边的天空开始明亮，黑色的云层变成了蓝灰色，东南方的空中出现了一抹奇怪的颜色，我使劲地揉了揉眼睛，才敢确定原来是半道彩虹。没错，就是半道彩虹桥，朦朦胧胧的弧形彩带，隐隐约约地挂在空中。

女儿大声惊呼“彩虹”，高兴得手舞足蹈。十岁的她第一次看到现实生活中的彩虹，虽然只有半截，却是一次珍贵的大自然体验。

这半道彩虹只持续了两三分钟，就渐渐地消失了。大雨滴变成了飘忽的雨丝，从东飘向西的灰云如虎口，随时准备吞没夕阳。所有的植物都在暮色里欢快地喝水，喝得脸上绿油油的，不染一丝尘埃。

甘蔗叶细细长长的叶尖上挂着颤巍巍的雨滴，晚风一吹，掉落半颗水珠，在夕阳的辉映下，所有的水珠熠熠闪光，如同缀满了钻石。这乡野里的植物，究竟藏了多少颗水珠，是一亿还是百亿甚至是千万亿，只有草木自己数得清了。

不到半个小时，雨停了。天空突然划过几道闪电，接着雷声滚滚，这不像是初秋的季节，反而像极了夏季的雷雨天气。

这时，天空已经完全泛晴，被雨水冲洗后的村庄，空气清润，飘荡着泥土味和草木香。橙黄的夕阳依然挂在西边不忍离去，天空流霞飞舞，霞光照射下的山野，涂上了橙红色的光辉，背阴之处的山林则逐渐暗淡。

没有一只蝉鸣的初秋，山风微凉，轻柔如水，村口的池塘波光粼粼，荡起涟漪。夕阳变成晕红的蛋黄，慢慢地往地平线下沉，渐渐缺角，继而成了半圆，突然又往下一滑，成了一道线，一眨眼，蛋黄球沉没了。深蓝色的池水立刻变成了灰墨色。

村庄的黄昏一片静寂，我们坐在旧式的四合院门槛上，看着披着金光的村庄，变成了蔷薇色，接着是灰色，最后成了黑色，慢慢地和夜色融合，一起沉浸在茫茫的暮霭中。

没有一座屋顶的上空飘起缕缕炊烟，陶渊明诗句中："暧暧远人村，依依墟里烟。"这样的场景已经不复再见，因为再也没有人使用木柴烧水做饭了，炊烟在这个村庄的上空永远消失了。

小时候的黄昏，那是一天中最为热闹的时刻，袅袅炊烟在屋檐上升腾盘旋，灶间传来锅碗瓢盆的声响，灶膛里柴火噼里啪啦声不绝于耳。孩子们赶着队伍庞大的鸭和鹅从乡野归家，荷锄劳作归来的村民络绎不绝，手牵黄牛的牧童慢吞吞地东张西望，小商店里不时传来人们买卖的欢笑声。这样热气腾腾的烟火气，在村庄永不可见了。

街上干干净净的，没有鸡和狗，也不见嬉戏奔跑的孩子。村民骑着自行车、电动车稀稀疏疏地归来，而后又恢复了寂静。

黄昏幽静得让人心里装不下任何东西，所有的心事都被格式化地清空了。我喜欢这种清静，也深深地和村庄一样感到了一丝寂寞。这里有静美的四时风光，却依然无法留住人们离开的脚步。

村里的路灯亮了，山脚下的老屋群，在暮色里，有着深不见底的神秘。一弯上弦月挂在榕树梢头，幽深的夜空星星开始依次冒泡。

四野暮色苍茫，静极了，虫声渐起……

# 故乡不只是用来怀念的

董新民老师读了我写的《悠悠天宇旷，切切故乡情》一文，对我说了这样的话：“很多人也许有你一样的经历，就会怨恨起故乡来。不愿意再回到故乡，生怕看到不想看到的人、物。甚至害怕见到曾经相熟的人，怕他们聊起儿时的事。”他说，虽然我的记忆中有很多的苦难和艰难，但在我的文章中看到的却是一个明亮的我。

一席话说得我泪眼婆娑，曾经的我很害怕别人与我谈起家人，也害怕回到故土。熟悉的地方没有等我回家的爹娘，那是血淋淋疼痛的现实；山坡上的老屋依旧，却不见奶奶布满皱纹的笑脸；也不敢直视邻里乡亲怜悯的目光，“近乡情更怯，不敢问来人”。

多年以来，每一次归乡，我都带着兴奋和失落的心情，百感交集，五味杂陈。没有人能选择自己的出身，也没有人能掌控自己的命运，除了默默接受和奋力挣扎，遍体鳞伤也只能坚强微笑。谁不想有一个娘家，当你受伤了，当你累了，你依然有一个地方可以藏身，可以无条件地包容和接纳你。这样艰难的心路历程，持续了许多年。我一直在尝试改变，希望把过往忘却，坦然面对生命中不能承受之痛。

一个人只有远离故乡，才能获得故乡。人到中年以后，才逐渐明白故乡的意义。月是故乡明，风是故乡清，树是故乡绿，花是故乡红。我慢慢地懂得，故乡赋予一个人生命以完整的意义，要守护精神家园，要珍惜故土光阴，唯有对过去释然、放下，真正地融入，热切地喜爱，返乡才不会有心里的压力和负担。

这世上有多少人外出漂泊之后，就再也找不到回家的路，丢失了生命之源，只能把他乡当成故乡。如今，所有的乡村都在改变，河山依旧青绿，文化渗透乡间，它们在呼唤每一个远离的孩子，以沉默的方式和时光抗衡，以关爱的目光拥抱倦鸟归林。

即使在家乡我已经一无所有，没有田地，没有房子，我依然要乐此不疲地踏上这片热土。我要在这里挖掘和寻找，沉淀在时光深处的生活的轨迹，还有断片似的欢乐回忆。我如同地瓜一样，把血液和灵魂深深地扎根在家乡的泥土里，任凭藤蔓绿意葱葱四处游走，无论走多远，根永远在故乡的土壤里。

我喜欢这个恬静的小村庄，中国地图上的960万平方公里，它微小如细沙，平凡如草芥。在潮汕平原的一隅，这个叫作内坑的小村庄，顾名思义，它宁静地隐藏在群山环绕的山窝里。

如今，它像中国所有的村落一样，村民远离，旧屋老化。然而，我也欣喜地看到，新农村建设在家乡开展得如火如荼，村庄变得越来越美了。池塘边的堤坝修成水泥路，漂亮的花圃中绿意悠然，两侧的人行道上铺上了红砖，做了围栏，成了村民傍晚散步悠闲的绿道。我家曾经的那片菜地，现在已变成了运动场，摆着许多运动器材，是村民娱乐休闲的好去处。

不管外面的世界如何繁华热闹，灯红酒绿，乡村依然保持本色，静默地面对来来往往的村民。我用心里的长镜头，从此刻开始往前拉，逝去的每一寸光阴，生命中遇到的每一个人，既温暖又让人热泪盈眶。

熟悉的街道，行人两三，安静寂寥。山风穿巷而来，飘来山野淡淡的草木气息。破旧的老屋，木门敞开，染满尘埃，门前长满了齐人高的萋萋荒草，青青绿绿，草木依依。屋檐下云雀鸣啭扑棱，自由飞翔，这里成了它们的人间天堂。村庄是给人居住的，当植物和动物霸占了人的房子，这里就成了荒园，废墟。

斜阳秋色里，虽然满目疮痍，却仍感无比亲切，我久久地凝望，细细地回味，把悠久绵长的生活场景一一捡回，把年少时光的情怀淡淡地回忆。我轻轻地走在父亲曾经走过的村路，我去看望母亲曾经挑水的古井，我摸一摸奶奶曾经一日三餐使用的水缸，望着和奶奶曾经相依为命的三面漏风的小屋。

这个半山坡的老房子，积聚了我和奶奶深厚的回忆，填满了一个少女无穷的苦难和愁绪。在那张餐桌之前，姑妈抱着弱小无助的我，悲伤的泪水染湿了我们的衣裳；在长满青草的墙角边，80 多岁的奶奶在劈柴，往火炉里添着柴火，风吹动着她额前的发丝，火苗映红了奶奶褶皱的脸庞；就在这个门口，广播成了我的知音，在主持人描述的精彩的世界中，我无奈而焦灼地绣花，恨不得立马从村庄逃离。

前尘往事，化为一缕轻烟，消逝在安谧的群山之间。

田间荷锄劳作的乡亲，他们神情专注，表情温和，脸上如植物一样恬淡安宁。他们一个个看起来似曾相识，眉眼之间分明那么熟悉，可又非常陌生。那外貌，那表情，仿佛是他，却又不是他。岁月改变了容颜，把光润鲜嫩的一张脸，吹皱了，吹老了。

走在田埂边，我鼓起勇气和一位村里的阿伯打招呼，得到了热烈的回应，在互相介绍的过程中，都充满了感慨："变化太大，认不出来，认不出来啦！"阿伯转身，从自行车架上的木框里，拿出几个番石榴，热情地塞给我，然后微笑地踩着自行车回家了。我的心里涌上一股暖流，这就是村里朴实可爱的乡亲。

家乡的天空依然那么蓝，阳光那么明媚，秀秀草木，清清山篱。原来用脚步丈量故乡的每一寸土地，这样的感觉是多么踏实而美好；原来和每一位家乡人对话，是如此温馨而亲切。

故乡不只是用来怀念的，它需要每一位儿女真挚热烈的怀抱。

## 今天吃什么呢？去地里看看

小时候，农村的父母最大的期望，就是孩子学习成绩好，考上大学，拥有一份好工作，成为一个城里人。农转非在那个时代，是一件多么光荣的事，摆脱面朝黄土背朝天的农民身份，是无数农民的共同愿望。

若干年后，却有那么多农民，不舍得把户口迁移农村，因为土地增值了。拥有土地的农民，说不定哪天在城市化的进程中，土地可以让他们一夜之间成为富翁，这样的事例在现实社会中，已经不断在上演，特别是那些市郊的村庄。

土地在我的家乡仍没有使谁一夜暴富，那些农田仍完好无缺地存在。这或许在这个时代中，代表着那个地方的落后，但正因为它离城市还有点距离，才不至于变成厂房或商品楼，暂时还保存着绿色的原野。只许农耕不许盖房的政策，也极好地保护了这一片农田。

历史的列车行驶至此，乡村逐渐萧条，城市化在加速发展，城市越来越拥挤，无数的村庄变成了城中村，又有无数的村庄越来越寂寥。能留守下来生活的农民，我认为他们是幸福的。现在交通发达，住在农村，衣食住行也很方便，他们可以一边打零工，一边在田里劳动，享受农村新鲜的空气，过上自给自足的生活。

站在田野上，眼前欣欣向荣，植物丰茂，村民种植了各种各样的瓜豆菜蔬。放眼望去，田里找不到一个年轻人的身影，70后、80后的农村人，现在从事田间劳动的已经少之又少，更不要说90后的青年，他们有些甚至从没下过田。

我仍然期许，会有更多的年轻人亲近泥土，回归农村生活，不仅可以吃上放心的食物，而且农副产品的价值越来越高，或许这也是一项不错的谋生手段。

日本作家水上勉著有一本书《今天吃什么呢？去地里看看》，他在晚年的时候，曾经在轻井泽山庄居住一段时间，过上陶渊明式的采菊东篱下，悠然见南山的农耕生活，自己种菜，烹调，乐在其中。这些“吃土”的日子，过得舒展恣意，是极好的怡情养性的生活方式。

冰雪消融的初春，当他采摘野艾蒿、水芹回来之时，看到它们的嫩叶不禁感动流泪。泥土是能滋养人心的，而那些不再与土地、野草接触的城里人也许不会有这样的喜悦。只有用脚踩过泥土，从土地里获得食物的人，才会懂得土地的珍贵，感受到草木萌芽，听到土地唱歌，是多么让人幸福的事。

“今天吃什么呢？”“到地里看看就知道了。”农民总是这样回答的。

一天早上，我在家乡的农田里，发现一片鲜绿的菜地中间，一间小屋正泡在晨晖里，欢声笑语不绝于耳。我上前一看，发现屋里已经聚集了许多乡亲，他们一边聊着日常闲事，一边喝着单丛茶。这真是幸福而美好的事，他们在自家的田地盖小屋，既可以储放农具，还可以遮风挡雨，甚至烧水喝茶。新时代的农民，种田的日子原来这么快乐自在。

潮叔是小屋的主人，门前的塑料桶里有他刚采摘的食物：空心菜、南瓜、黄瓜、茄子等，够今天吃了。他神情淡定，熟练地冲茶，热情地招呼我们。潮汕人喜好工夫茶，不论多繁忙，茶是一定要喝的。一杯凤凰单丛茶喝出了乡谊，也喝出了闲情。

走到村民顺叔的地里，他正神情专注地干活，我走到跟前，他仍然手拿锄头，不断地在锄地，长时间重复一个动作，细致地侍弄着土地，安静得像一棵树。我一直觉得，农民是土地最真心的守护者，他们知道什么样的土地，才能长出什么样的庄稼。

顺叔的地里植物很多，有玉米、芋、番薯、百香果、香蕉、麻叶等。我吃了那么多年的麻叶，这才第一次看到长在地里的新鲜麻叶，他说这种麻叶是青菜，与从前村里种植的黄麻叶，不是同一品种，我这才恍然大悟，难怪吃起来一点也不觉得苦涩。

一株玉米树正在扬花，我的手刚要触摸时，顺叔示意我赶紧住手，说这会正是玉米的授粉期，不能触碰，否则会造成玉米棒子缺粒的。我不禁想起刘亮程在书里曾经这样描写："听说玉米是怕受惊吓的作物，谷粒结籽时，听到狗叫声就会吓得停住。到秋天掰玉米时，会发现有些棒子上缺一排谷粒，有些缺两三排。还有的棒子半截子没籽，空秃秃的，像遗忘了一件事。"不禁笑出声来。

又在一畦菜地里遇见一位老乡，他自称大肚兄，我依稀记得小时候村里确实有这样一个人，那时他还是一位青年。现在已经人过中年，笑容依稀在，秋霜挂满腮。他住在城里，每天骑摩托车回村里种菜，这真是我见过的"最潮"的农民。

无意间在田里遇见一对种田的兄弟，哥哥庆兄以种田为生，几亩地里种植了玉米、甘蔗、各种时令蔬菜，还养了一群鸡鸭鹅。他和庆嫂每天地里劳动，日出而作，日落而息，吃在地里，住在田里，夫唱妇随20多年，过简朴的乡居生活，真让人敬佩。夜幕下的田野，寂静而幽暗，他们是如何度过那些漫漫长夜的呢?

或许他们并不感到寂寞，我们所认为的无聊和孤独，是因为我们一直生活在人群之中。而他们有坚定而淡泊的生活态度，长期与乡野和星月为伴，迎晨露，沐风雨，随虫声入梦，在劳作中获得生活和心灵的富足。

弟弟阿深也种田，和哥哥不同的是，他是种着玩的。70后的阿深，可能是这片土地里最年轻的农夫。他的田间也有一间铁皮小屋，门前诗意无限，碎石沙地，一张小桌，两张椅子，一套工夫茶具，两盆碧绿的清香木，一丛粉红的凤仙花。抬头是青翠攀爬的百香果叶，蓝天点点，阳光碎碎，香蕉叶在风中飘。

阿深的田地与众不同，全是沃土。我看到地里闪着白光，还以为是撒上了盐花，却原来是肥到发霉，因为他在地里下了糠等有机肥，难怪植物长得茂盛而翠绿。

他的植物也与众不同，除了南瓜、芋、香蕉是本地种子，其他都是进口的珍稀品种。苦瓜外观淡绿色，偏圆，叫苹果苦瓜；丝瓜个长，皮光滑；青绿色的茄子，形状偏矮小；油甘的叶子绿得鲜亮，是甜种的；树葡萄有十几株，每株树栽买的时候要花几百元，这是一种稀有的水果，开白花，果实长在树干上，据说营养丰富，价格昂贵。此外还有蛋黄果、林檎、人参果、番石榴、神秘果、山竹、青枣，等等。真是现实版的植物科普，看得我眼花缭乱的。这片小小的菜园，居然有这么多不曾见过的植物，真是大开眼界了。

他说夏天的夜晚，偶尔也在果树底下吹凉风，听虫鸣，赏月品茗，安静惬意。我可以想象那样的场景，月明星稀，晚风吹拂，暗香飘浮，植物窃窃私语，虫子在松土。此等闲情雅致的田园生活，岂不让人向往之。

我瞅见他的摩托车架上，也放了不少瓜果蔬菜，这应该就是今天餐桌上的食物了。真应了这句：就地取材。农家的日子，就是傍林鲜，傍地鲜，这是城里人永远无法到达的境界。

做一个有土地的农民，其实也挺好的。

# 乡野之美

天蓝蓝，云白白，香蕉叶绿绿，破碎的裙摆随风飘，在蓝天下舞蹈的样子美极了。

一小群蚂蚁在田野里劳动，齐心协力地搬弄一只小虫子的遗骸回它们的巢穴。草丛，树枝，小石块，障碍太多了，每行走一步都得历尽艰辛。小蚂蚁最可爱的地方，在于它们从来不会停下前进的步伐。

在一片空旷的田野中，突然出现了一个荷花池，面积也就十平方米左右，真是小巧清新，让人眼前一亮。白荷一朵独秀，冷冷清清；荷叶三五，青青绿绿；残荷数枝，枯寂素美。想来这块地里的主人想吃莲藕，挖了这样一个小水池养荷，这个秋天，可以吃上莲藕宴了。

野草丛中，灯笼草的果实最为特别，缩小版的灯笼一个个挂在枝头，自带喜庆的气氛。

在路旁看到这些桉树的时候，确实很震惊，它们高高擎向蓝天，笔直挺立，伟岸庄严，像极了北方的白杨树。一般的树，叶子是绿色的，树干是灰褐色的。可是，你看桉树从头到尾整株全是银白色，在秋阳的照射下，闪着银光，让人心里升起一股秋意，我有种错觉，以为白霜挂上了树梢。

这种叶子见过吗？它其实也是番薯叶，果肉是红色的番薯，是我最喜欢的一种品种，叫“干部种”。这种红薯特别甜，存放时间越长越甜。现在已经吃不到小时候那种红薯的甜味了，那时的红薯太甜了。

一片甘蔗林，长势真好。小时候，在甘蔗林中穿梭是很有意思的事，也是玩捉迷藏的最佳地方。暑假，在田野里割稻谷时，被太阳晒到头晕，躲到甘蔗林里喝一碗红薯汤，那感觉有如走进森林般阴凉。

这是苦瓜的缩小版，野生苦瓜。在无人注意的角落里慢慢爬藤，自由生长，叶是苦瓜叶，花是苦瓜花，结的果当然也是像模像样的小苦瓜，只是全都那么袖珍可爱。在菜市场第一次见到有销售这种野苦瓜的，我好奇地问:“这能吃吗？”店主答:“当然能吃，可煲汤。”我心想那一定超级苦。

葫芦瓜的花，不是很美，颜色素淡，样子普通。在所有的瓜果中，大部分的花朵都是五瓣的向日葵黄，在藤架上，绿叶黄花，鲜艳醒目。唯独葫芦瓜花最是朴素，不招蜂引蝶。小时候，猪圈旁边种了一棵葫芦瓜，结的果实太多了，饭桌上天天都有它的身影，吃到我害怕。味道寡淡，不甜也不香，根本无法和丝瓜黄瓜相比。现在一看到葫芦瓜，那时的生活情景立刻浮现。食物和老歌，仿佛能储存人的记忆。

淡黄色，螺旋形，这么漂亮的花儿，居然是秋葵花，真是不可思议，我着实被惊艳到了。一只红色的小虫子不知道尊姓大名，一直在秋葵树上爬行，想来也是被秋葵花给迷住了。

这种植物叫黄荆，我们潮汕话叫“普姜”，客家人称它为“布惊草”。它是一种生命力很强的植物，有一定的药用价值，山野和路边常见。小时候，我家附近有很多黄荆，我们经常摘下来编成花环，味道芳香，独一无二，自带天然特殊的香气，闻了想闻，闻了还想闻，怎么也闻不够的异香，有一种让人神清气爽的感觉。

换季了，豆角老了，被主人抛弃，像一条条晒干的小蛇弯曲地蜷缩垂挂，成为一幅秋景图。

这几年，一直在网上购买广西的百香果，又酸又甜又香，味道独特，汇集了各种水果的滋味。这样好的果子，现在我们粤东地区的农村已经广泛种植，在乡野中，随处可见，真令人欣喜。潮汕地区地处亚热带，日照足，种植的百香果，味道一点也不亚于广西。

秋阳下的红蜻蜓，太美了。全身红色，有一股妖艳之美，不禁让我想起电视剧《花千骨》中，那个被妖化的花千骨，着一身鲜红的衣服，红衣红唇冷艳绝美。又想起《晚霞中的红蜻蜓》这首歌，想象着这样的画面：黄昏至，红霞起，晚风中飞过一只翩跹曼舞的红蜻蜓；夕阳下，秋景美，原野上站着一位追逐红蜻蜓小姑娘。这首歌据说是日本的一首童谣，真美！此刻，一只红蜻蜓不在日本的晚霞中，也不在童年的时光里，它就在我的眼前。

一只小虫子，和蝈蝈类似，有两条触须和翅膀，和土地一样的颜色，如果不是它在不停地跳跃，根本无法发现它的存在。

在田垄间，发现一棵漂亮的树，居然是“朴树”，麻目榆科，朴属落叶乔木。不由得让我想起那个白衣少年朴树，那个深情演唱《白桦林》的朴树，那个人和歌声一样纯净的朴树，那个说自己已经老了的朴树。

这只土色的青蛙，太不养眼了，灰不溜丢的。那些年，那些在稻田里，随处可见的绿色青蛙，仿佛在田野里永远消失了。

这朵像烟花似的花儿漂亮吧？这是莲雾的花，莲雾是红色的，而花儿是白色的。第一次见到莲雾花，确实很美。莲雾结果时，很是疯狂，满树红果，但它不经雨打，经常一场风雨之后，地上全是莲雾果。

我想拥有一片田园，属于自己的田园，想吃什么就种什么，春耕秋收，也学动物冬眠。很遗憾，我什么也做不了，只能闭着眼睛站立在别人的田地里，感受来自土地的呼吸。

## 黄皮果，酸酸甜甜暖人心

夏天来了，黄皮黄了；知了叫了，黄皮熟了。

当炙热的白日光燃烧着大地，当紫薇花的瀑布从树上哗啦啦地流下来，当夏蝉在树枝上开始不知疲倦地高歌之时，黄皮树上金灿灿的果实也已经悬在了树梢。

黄皮果于暮春开花，于炎夏结果，在闷热而焦躁的夏季，它是一抹清凉，解渴生津，慰藉人心。

我喜欢这世间所有的水果，它们多姿多彩，酸酸甜甜，它们带着土地和植物的原始味道，散发着山野清润的气息。没有我不喜欢吃的水果，却有特别爱吃的果子，那就是黄皮了。

每次一想到黄皮，就有一种垂涎欲滴的感觉，胸腔和味蕾仿佛被唤醒了记忆，一股酸甜的滋味立马汹涌而来。人家是望梅止渴，我是思黄皮而生津。

每当在水果摊前遇见黄皮，我总是两眼冒光，心生暖意。这种温暖的感觉，仿佛如遇熟人。“嗨，你也在这里呀！”是的，真的遇到熟人了，它们像是从故乡来的朋友。

我的家乡在潮州，村民最爱种植黄皮树了，不论田园还是山野，抑或是家前屋后，随处都可见黄皮树的身影。我和奶奶一起生活的地方，屋后便有我三叔种植的两棵黄皮树。

生长在半山腰的黄皮树，它有山风的抚慰，有阳光的关爱，还有奶奶圈养的十多只小鸡相陪，日见茁壮，茂盛挺拔。每年的夏天，都可以收获许多美味的黄皮果。

黄皮的花期极短，一不留意就错过了。有一次，我在姑妈家见到了满树繁花的黄皮，淡黄色的花蕾，极小，极普通，也没有浓烈的香味。但是，它们开得茂密繁荣，细细碎碎地点缀在绿叶之间，热热闹闹，花团锦簇的样子，仿佛绿色海洋中，有浪花在涌动。

盛夏之际，黄皮树披上了金黄色的阳光，一串串金豆似的果实，在阳光下闪闪烁烁，散发着醉人的果香，让人见了心里敞亮，喜上眉梢。

黄皮果是慢慢成熟的，通常是一串黄皮果之中，集合了老中青三代。有的已经变成金黄色，代表它成熟了；有的是淡黄色的，特别酸；有的还是绿色的小个子，稚嫩得很，尚待成长。

最先知道黄皮果成熟的一定是小鸟，经常先下手为强。今天看着还没熟透的果实，后天一看，已经入了小鸟腹中。“花丑曾愁蝶少顾，果香却笑鸟多情。”

每次吃黄皮我总是停不下来，就像嗑瓜子一样。一颗黄皮入口，一咬一吸一吐，几个动作娴熟连贯，只需几秒的时间，又酸又甜的果肉已经到了肚子里，果皮和果核则吐在了碗里。因此，吃黄皮果的乐趣，就在这一吸一吐之间，这是其他水果所不曾有的体验。

黄皮这种生产于南方的水果，至今已有一千多年的历史。明代诗人董传策的《啖黄皮果》写道：“碧树历历金弹垂，膏凝甘露嚼来奇。木奴秋色珍如许，那似香飘褥暑枝。”黄皮是金弹，是人们眼里的甘露。

感谢黄皮，在时光的穿行中，它不曾丢失，一直深深地扎根于黄土地，在南方的一隅生生不息。它朴实无华，滋味醇厚，滋养着人们的味蕾和身体。

有民谚曰：“饥食荔枝，饱食黄皮。”可见黄皮是一种健胃的水果，特别适合于饭后食用，促进消化。黄皮的整颗果实都是宝，果皮和果核也可入药。

我的奶奶曾经制作过黄皮酱，特别美味。把黄皮果去核，用盐腌制后，晒干水分，放入锅里和白糖一起熬几个小时即可。黄皮酱味道极佳，开胃消食。现在回忆起来，仍觉得回味无穷。

如今，故乡的黄皮果，奶奶的黄皮酱，不知不觉之中，都远远地尘封在岁月深处，只能成为心中珍藏的小美好了。

吃黄皮，忆故乡。黄皮如同儿时一起成长的小伙伴，遇见就有了乡愁。

# 盛开在心里的山稔花

故乡的山野，植物繁茂，野花、野果四季常有。有一片盛开在我心里的野花，一直让我念念不忘，那是一片如紫蝴蝶般翩跹起舞的山稔花，我们叫它“多尼花”。它们天然地绽放于山坡之上，把一片山野染成了紫红色。

直到这些年，我才弄清楚，潮汕地区的“多尼花”学名叫山稔子，地稔，桃金娘。我觉得桃金娘这名字最贴切好听，你看它们盛放沐浴在山风之中，多么像温柔娴静的美丽女子呀！

山稔花是野花，山稔果是野果子。它们是山的孩子，大地的孩子，是有名有姓却无人管的野孩子。它们清美的脸上，停留的是山风轻柔的吻，阳光温暖的吻，还有蜜蜂甜蜜的吻。集合了天与地的灵秀之气，花朵典雅素美，愉悦人心；酱红色果实甜蜜多浆，山间美味。

山稔一般生长在没人开垦的山野间，依靠阳光和雨露，静静地生长，悄悄地开花，慢慢地结果。只有风知道，小鸟知道，蜜蜂知道，当然了，还有我们知道。

第一次发现它们，我还只是一个七八岁的孩子。那时，我和小伙伴经常结伴上山，翻山越岭地闲逛，期待遇见更美的风景，找到更好吃的山果。比如一棵无人知晓的杨梅树，繁绿的枝头杨梅点点红，正散发着诱人的醇香。

有一天，我们越爬越高，来到了一片地势陡峭的山坡，有许多形状不一的石头。这是一片没被开垦的荒野，眼前的景色把我们震住了，只见山坡上盛放着一大片山稔花，朝山顶恣意蔓延。浓密深绿的叶子，衬托着朵朵紫粉色的花儿，在阳光照耀下，绿的绿，红的红，那么俏丽明媚，一片生机盎然，心田霎时如水波一样温柔荡漾。

山稔花的花朵比桃花硕大，更加漂亮，通常为五瓣，花蕊美丽别致，缀满了一根根密集而长短不一的花针，花针上顶着一个黄色小圆球，细细碎碎的样子，袅袅娜娜的，形状像极了夜幕下绽放的烟花。

我们像发现了新大陆似的，惊讶地望着这一片山稔花的海洋，漫山遍野，灿若云霞，壮观丰美。这一片花海就这样深深地烙印在我的心里。

有小伙伴说，这是“多尼花”，果子酸甜美味。于是，过了不久，我们又一起光顾了这片山稔果园。果然没让我们失望，累累硕果悬挂枝头，我们惊叫着，欢笑着，边摘边吃。深紫色的是熟透的果实，味道甜美，最是可口了。

每当杨梅季过后，就是观赏山稔花的好时光。入秋后，山稔果也成熟了。于是，小伙伴奔走相告：“山上的多尼熟了。”

但是，家人不允许我多吃山稔果，说是有热气，难消化。那时村民都不晓得，山稔其实是一种营养价值极高的果子。

所有的家长都不会告诉自己的孩子，野果子是可以吃的，野花是可以采的。只是警告我们：不能乱跑乱逛，不要乱采乱摘乱吃。可是，每一个乡下的孩子，却依然能从山野间，发现许多大地上的秘密，找到丰富我们味蕾的食物。

长大以后，上山的机会越来越少，山稔花却一直沉淀在心里。终于有一次回了老家，忍不住想再次看望那片多姿多彩的山稔花，却被堂弟告知，现在的山野基本是无人打理的荒山，要上去已经不容易了。

在我外出的这些年，村民的力气早已不花在屋后的这片山野，他们的力气都花在工厂和建筑工地上，把孩子一个个送到城里读书和工作，跟随孩子进城安家了；还留在村里生活的，也只剩下在田地里种种菜的力气了。

我站在山脚下遥望眼前碧绿的群山，山稔花已经开满山坡，它们仿佛很远，又仿佛很近。远得我无法靠近，又近得就在我的心头上。它的名字时常随着我的呼吸，轻轻地吐出，慢慢地消失；它的模样和滋味只能存在我记忆的某个角落里，雪藏。

此刻，它们也许正迎着朝阳俯视着山脚下的村庄，越来越静的村庄。

其实，山野一直都是热闹的，山稔一直不是孤单地存在，每天有阳光和雨露、草木和虫鸟相依相伴，它们需要的也只有这些而已。

我知道，唯一孤独的是我。

## 沉默的古井

当我一次次回到家乡，发现和老屋一起沉默的，还有古井。村里的十多口井，都成了荒废的古井了。它们矗立在村中的角角落落，是村庄的一部分，却又仿佛在时间之外，完全被村民彻底地遗忘。

不知道从何时开始，来井边的村民越来越少，时至今日，已经没人前来挑水和洗衣，也没人在井边冲凉和刷锅，村民经过古井的旁边，甚至连看都不看它一眼。

许多年前，村庄里最热闹的地方，就是井边了，这里的每一天，从早到晚，人流络绎不绝，村民的日常生活全都依赖于井里的水。

井水从地下汩汩冒出，从不枯竭，无论村民挑去了多少担水，井水依然保持它的高度。它一直竭尽全力地汲取地底的泉水，源源不断地输送干净明澈的井水，清冽而甜润，默默地滋养着全村的父老乡亲。

每天清晨，天空刚刚泛白，古井还笼罩在晨雾之中，井沿铺着湿润的露水，村里勤劳的媳妇，开始三三两两地挑着水桶，一前一后地前来打水。

她们熟练地将拴着麻绳的小水桶，缓慢地下放到井里，当小水桶即将靠近水面时，拉着麻绳的手用力地一摇一甩，小水桶顺势翻转往井水倒扣并沉入水中，待桶里的井水注满了，双手将麻绳慢慢地、均匀地往上提，满满的一小桶水就被提上来了，直接倒入她们刚刚挑来的大水桶中。如此重复，两个水桶很快就装满了井水。女人用扁担挑着两大桶水，一摇一晃地，有些吃力地走向家中的灶台。漏下的水滴了一路。

每天，从井边延伸而出的水迹，伸向了村庄的家家户户。这是一条充满烟火气息的道路。有了这些清净的井水，袅袅炊烟，才能冉冉地在村庄的上空盘旋；白花花的大米，才能在锅里熬成了稀饭，地里刚摘下来的新鲜青菜，才能飘出菜的香气。井水，是老百姓的生命之源，是村庄世世代代，得以延续和昌盛的根本。

女人煮好了早饭，吃了早餐，就提着木桶和衣服，来井里打水，蹲地上洗衣。这样的时刻，井边总是挤满了人，有年轻的媳妇，也有年老的奶奶，她们一边聊着家常，一边洗着衣服，互相打趣，说说笑笑，好不热闹。聊的无非是些家长里短，却将人们的心拢在了一块。井边的日常，维系着村庄的人情，增进了左邻右舍的乡谊。

孩子们喜欢探头望向井底，看清幽的井水里，映照着自己的容颜；也喜欢学着大人打水，却怎么也打不上来满满的一桶水；放学回家，喝刚提上来的井水，那是一股多么清甜冰凉的滋味，足以解渴，足以把炎夏的热气消除，是夏日里消暑的天然饮料；夜幕下，孩子们望着白月光照射的古井，井里一个月亮，天上一个月亮，那样的夜晚柔美而深刻。

夏日的黄昏，种田归家的男人，卸下锄头和农作物，径直来到井边，提上一桶井水，直接往身上冲洗，洗掉泥土和汗渍，洗去一身的疲惫和劳累。清凉的井水，浇灌着身体的每一寸肌肤，男人感到了身心的愉悦，满足地走回家吃晚餐去了。

那时的古井，也是快乐的。它喜欢热闹，喜欢倾听人们的欢声笑语，接纳日光和云影，仰望蓝天和飞掠而过的鸟儿，沐浴清风和月色，迎接每一张打水的笑脸，拥抱每一个伸向井里的小桶。它幽深而冰凉的内心，是温热的；它乐于奉献，用每一滴甘露，滋润着每一位村民的血脉。人们喝着它度过了三餐四季，从孩童到暮年。

时间一年一年地过去，突然的某段时间，来井边挑水的村民越来越少了，刚开始还有些女人前来洗衣服，渐渐地，连洗衣的女人也不再来了，村民与古井联系的纽带已被家中的自来水给代替，对古井依赖的情感忽然就中断了。

古井感到了前所未有的寂寞，它不习惯这样的冷清。它和村中的老屋一样，被村民疏离丢弃，淹没在旧时光之中。

古井越来越沉默了，它古朴而沧桑，成了垂垂老矣的暮色中的老建筑，失去了存活的力量。虽然没人打水，而井中的水却越来越少，上面飘满了落叶和灰尘，井壁长满了蕨类植物和苔藓，蜘蛛也常在上面密密结网。

我抚摸着长满青苔的井沿，望着毫无生机的井水，内心滋生出无边的荒凉。与古井相濡以沫的那些年月，人情味浓稠的每一个平凡的日子，都成了记忆中久远的画面。我们曾经依赖的古井，却不得不在岁月和时代的更迭中，与它剥离。

残阳如血，余光掠过云霞，为古井镶上了红光，村庄岑寂的上空，云雀鸣啭高飞，四周一片静寂。

## 远去的露天电影

那天黄昏，我站在村里空无一人的露天广场，竟有些恍惚。儿时眼中的大广场，其实一点也不大，一眼望尽，仅此而已。水泥地面已经破旧，苔斑点点，绣满岁月的针脚。周围灰瓦白墙的屋子，也已经变成了黑瓦灰墙，残破不堪，爬满青苔。令人惊觉建筑物的衰老程度，其实和人并无两样，都经不起岁月的摧残。

广场中间的戏台依旧还在，只是台上原来的沙地，竟然长出了及腿的青青野草，高高低低，在晚风中此起彼伏，成了一小片荒野之地。这里或许已有许久，不曾放映电影或请戏班子来唱戏了吧。记得我刚懂事那会，村里举行隆重的祭祀活动，请了潮剧团的演员，唱了两天戏。全村轰动，家家狂欢，亲戚朋友四面八方蜂拥而至，盛况空前。原本僻静的小村庄，热闹如同市集，像过年一般喜庆。

更多的时候，戏台的主要作用是播放露天电影。逢年过节，让孩子们兴奋的不仅是有美食，更重要的是，那样的夜晚意味着有电影可观看，这份精神食粮，比食物更能抚慰孩子的一颗童心。彼时的我们，对知识有着热烈的渴求，对世间的一切事物充满了好奇，期望通过戏台中央投影的荧幕，了解和接触这个世界的多元和精彩。

夜幕下，群山静默，院门敞开的屋舍透出温暖的灯光，孩子们进进出出，呼朋唤友，三五成群，手中各自拿着一张小凳子，熙熙攘攘地朝广场的方向走去。布幕已经悬挂在戏台中央，电影放映员正在放映机前调试机器，大喇叭里传来了董文华演唱的《十五的月亮》，甜润的歌声响彻云霄。抬头遥望夜空，星星眨着小眼睛，仿佛离我们更加遥远。但那一刻的我们，根本无心欣赏夜色，眼前热闹欢乐的氛围已经充盈了我们的心灵了。

不远处，甘草水果摊前围满了一群孩子，有的拿着一串蜜枣，有的拿着一串杂锦的甘草水果。甘草木瓜最是美味，甘甜酥脆，滋味丰富。潮汕的甘草水果，有其传统的地方特色，切洗好的水果，用甘草水腌渍几个小时，吃起来酸甜可口，止渴生津。一旁还有卖冰棍的，卖爆米花的，卖糖果玩具的。全都是孩子们喜欢的东西。

那时的一场露天电影所带来的快乐，是现当下的孩子所无法感知的。那是属于一个时代的产物，而我们能享受的，也正是那个当下带给我们的幸福。

环绕村庄的群山，矗立在沉沉夜色里，影影绰绰，被夜空紧紧拥抱。广场上的我们，被黑夜包围着，正聚精会神地观看荧幕里的故事。全场鸦雀无声，唯有影片中人物的对话，在广场的四周回荡。

当灯光亮起，荧幕的画面消失，三场电影终于播完了，我却仍沉浸于剧情之中，直到一张张凳子从场中撤离，人们络绎不绝缓缓归去，恍然惊觉，曲终人该散，徒留亦无益，这才恋恋不舍地随着最后的一拨人群离去。偶尔走得慢了，只剩下昏黄的路灯陪着我。

夜越发深沉，弦月高挂，远处的山峦，黑影重重，一片岑寂。路旁的日杂店，依然聚集着不少人，他们一边喝着茶，一边谈天说地，关于劳作，关于电影，或许还有关于一个农民的一生。

奶奶已睡下许久了。闻着声响，说了句：“就这么好看？非得看完才肯回家？”我“嗯嗯”地回应。躺到床上，心里想的仍是那晚电影中的剧情。

偏僻的小村落，这一场又一场的露天电影，是文化熏陶，是灵魂洗礼，丰富了村民的业余生活，陶冶了他们的美好情操。每一部经典电影，其教育意义和导向，像种子一样植入每个孩子的心里，成为他们判断善恶美丑的标准。这或许正是电影下乡所带来的积极意义和作用。

从《少林寺》中，我们认识了李连杰，那首扣人心弦的《牧羊曲》，时至今日，旋律还在许多人的心里流淌；《铁道游击队》和《地道战》，酣畅淋漓的战斗场面，成为村民茶余饭后津津乐道的故事；《唐山大地震》看得我们惊心动魄；《火烧圆明园》看得我们咬牙切齿。有一年，台湾影片《世上只有妈妈好》播放的时候，许多人都哭了，连那些终日在田里劳作的农夫，也跟着悄悄抹了眼泪。

那些年，不管刮风下雨，冬夜寒冽，只要布幕挂起，露天电影的前面就围满了父老乡亲，从孩童到老叟，从掌灯至深夜，每一场精神盛宴，都是幸福的日子。

后来，村民家里拥有黑白电视机的越来越多。接着，彩色电视机也开始普及千家万户，露天电影的观众逐渐减少。特别是寒意料峭的春节和元宵，露天电影的屏幕前，人流稀疏，只剩下些喜欢热闹的小孩而已。

日子一天天溜走，有些院落早已人去楼空，杂草丛生，蜘蛛结网，梁间燕儿翻飞。村中道路两旁，三四层的小洋楼一座座拔地而起，崭新巍峨。

那些年，观看露天电影的老人，一个接一个地走了；当年的那些黄毛孩子，一个个远走他乡，成了一群候鸟，只在节假日期间飞回这青山寂寥的故乡。可是，电影不再吸引他们了，端坐广场、摸黑看一场露天电影的那份热情和祈盼，早已消散。

村庄越来越寂寞，村街小巷，冷冷清清，广场空空荡荡，年节的夜晚，戏台上的布幕，再也没有挂起。

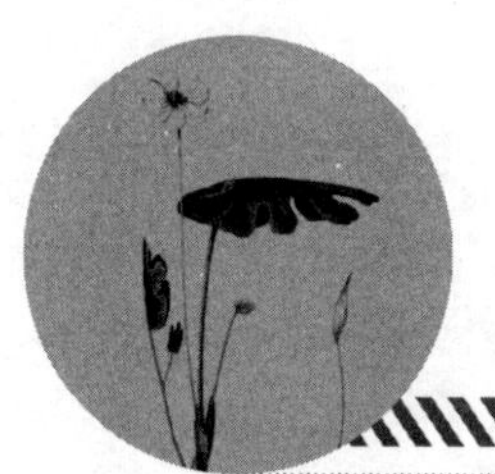

# 第三辑　暖暖岁月帖

# 五月节随感

夏至了，天气越发闷热，夏蝉的叫声一天比一天热烈响亮，端午节在它们一声声的长鸣中款款而至。

潮汕民谣：“未食五月粽，破裘唔甘放。”意思是说，端午节前天气时冷时热，家里的棉衣棉被还需备用；端午过后，真正进入炎热的夏季，这时的棉被方可拆洗晒干收藏。像我这种怕冷的人，对此深有体会，古人说的话真是字字珠玑，句句在理。

今天午后，雷声轰鸣，雨水瓢泼。五月节前后的雨水，人们称为龙须水，是一种珍贵和幸福的水，据说是龙王送福给人间的灵水。想想看，芒种期间，田间的秧苗和瓜果，正在生长拔节，需要大量喝水，这时的雨水在农人看来，是宝贵的及时雨。真是好雨知时节呀！

潮汕地区习惯把端午节称为“五月节”，这一天，要拜祖，吃粽子，挂艾草，用艾草水洗澡和泡脚。文天祥有诗曰：“五月五日午，赚我一枝艾。”可见艾草这种植物在民间的广泛应用。潮汕有些地方，端午还有赛龙舟的活动，这些传统的民俗文化，一直在传承和演绎。

三叔打来电话，说是端午的栀粿必须吃一点，因为时节食时粿，古人流传下来的习俗都是有其特定的意义。潮汕的栀粿采用栀子和糯米粉浆制作而成的，栀子也叫黄枝，有清热解毒、预防肠胃疾病的功效，于蚊虫滋生、炎热的五月节期间食用，有益身心健康。糯米有滋补的作用，对身体也是有益的。

现在商店售卖的端午粽，真可谓五花八门。汕头最有名的粽子，莫过于“老妈宫粽球”，流传至今已经有近百年的历史，双拼馅料，味道独特，备受人们喜爱。但我不喜欢甜食，因此十分抵制这种咸甜混合的味道。

我心心念念的，依然是童年时代，奶奶和姑妈亲自包的香粽子。新鲜的竹叶里，放入白花花的糯米，一片五花肉，两个虾仁，三小片香菇，用咸草绑成四角形状，锅里蒸一个小时，香喷喷的粽子就出来了。

那时的粽叶是从后山竹林里采摘下来的，青翠欲滴，竹香扑鼻。五月的山野郁郁葱葱，茂密繁盛，空气中飘荡着林木鲜润的清香。山下阳光炙热，山上却有清风坐竹林，凉爽幽静，山风盈袖。竹叶一片一片取下来，鲜鲜绿绿，有竹子味，带着一股山野的气息。

包粽子的咸草生长于水草鲜美的小溪边，咸草易生长，只要有阳光和水分，就能茂盛地长成一大片，绿波随风摇曳，成为田野中一道动人的风景。

小时候，我经常帮奶奶清洗竹叶和咸草，但包粽子却是奶奶的事，因为我怎么努力也无法包成四角形状的粽子。馅料中除了糯米、虾仁、香菇、五花肉外，还需加入爆香的蒜头，可以增味。五花肉得用沙茶事先腌制，味道更好。潮州金石镇的沙茶味极香，是很好的佐料。

煮熟后的粽子，竹叶的清香渗入馅料，味道香美，抹过沙茶的五花肉和糯米融为一体，吃起来一点也不油腻。

有人喜欢把粽叶取下来，将馅料放置在碗里食用，这样的吃法虽文雅，但却是下下策。我认为最好的吃法，应是把咸草解开后，就直接吃，才能品尝到食物最原始的味道，竹叶的芳香会无限增加你的食欲，连续吃好几个，还会意犹未尽。

有一年的端午节，我的姑妈包了许多粽子寄来给我，馅料里增加了绿豆，滋味超级好，我居然一次吃掉五个。糯米是温补的食物，绿豆是寒凉的，两者合一，中和互补，确实是天配的佳偶。在糯米香和绿豆香的衬托下，五花肉吃起来味道尤佳，这样的粽子真是滋味悠远，时常怀念。

这几年，在姑妈的精心指导下，我终于学会包四角形的潮式粽子，味道也有了奶奶粽子的影子，可惜的是，商店买的竹叶和咸草不够新鲜，粽子缺少了竹叶的野味，逊色良多。

于是，我只能于文字里，回味我的亲人们曾经给予我的，藏在粽子里的美味和深情。

## 中秋“拜月娘”

临近中秋，商店人潮涌动，洋溢着浓浓的节日气氛。

在我的家乡粤东地区，中秋节一直保持这样的传统民俗：中秋之夜，圆月当空，家家户户在门前设立香案，摆上供品“拜月娘”，祈求月神保佑家人平安健康。供品一般有月饼、油粿、酥饺、云片糕、花生糖块等素食；水果则有油甘、菠萝、香蕉、苹果、梨子、阳桃、林檎、葡萄等。“拜月娘”是潮汕方言，月亮属阴，人们习惯将月亮称为“月娘”。

这些年，中秋节很少回家乡。望着邻居家的阳台，香烟缭绕，烛火明亮，升腾着节日的气氛，那一刻，总会想起小时候在家乡“拜月娘”的情形，很怀念过去的岁月，还有家乡的中秋夜里那轮明如镜，圆如月饼的皓月。

去年的中秋节，我也试着自己“拜月娘”了，图个有趣和热闹。我的想法很简单，体会过节的温馨而已，也让孩子们在这样的赏月氛围中，体验中秋节日里幸福的感觉。

潮汕地区的拜月风俗，已经传承了上千年，源于对神明的敬畏，也寄予了人们对美好生活的祈祷和祝愿。月有阴晴圆缺，中秋月圆之夜，便是人间好时节。

小时候的中秋夜，村里的孩子们总是早早吃晚饭，穿上漂亮的衣服，等待晚上举行“拜月娘”隆重仪式。大人总是这样说：小孩子拜了月娘，才能读好书；中秋夜要和家人一起品尝月饼，就会家庭和睦，合家团圆。那真是美好而单纯的朴素愿望。

晚饭过后，奶奶搬来一张圆桌放在门前，认真把清洗干净的水果、月饼、粿品、香烛纸钱等供品搬上香案。等月亮从山头弹出来了，奶奶开始焚香祭拜。

上香后，她拿一个装有温水的碗，放入洗净的抹草和石榴枝，置于供桌上，这两种植物在潮汕人民的眼里有吉祥如意的深刻寓意。拜月仪式结束后，奶奶让我喝碗里的水，说是“平安水”。每一次，我都是将信将疑，象征性地喝一小点。

遥望璀璨夜空中的皓月，我总会想起嫦娥奔月的传说。玉盘之中真有月宫和嫦娥吗？我们诚挚地祈祷，月神听得到吗？这些问题始终没有答案，但我知道，月亮有爱和善的襟怀，她给了人间欢乐团圆的中秋节，而在深邃的夜空里，月神一定是最孤独的。

月到中秋偏皎洁，月华如染白霜，整个乡村笼罩在一片淡淡的银辉之中。邻居之间互相串门，一边喝着茶，一边赏月聊家常，无非是今年农田的收成情况，过节的粿品做了哪些，林檎今年又涨价了等。香案上烛火明亮，摇曳之中，闪亮地映着村民那一张张充满笑意的脸庞，空气中弥漫温馨热闹的气氛。

这样的夜晚，也是我们小伙伴聚会的好时机。印象之中，每次都是慕容先来找我，上我家要爬上一条斜斜的土路，她比任何人都要熟悉。当我在门前听到她那银铃般的声音时，我就知道，欢乐的聚会即将开始了。

我们拉着手，来到山脚下的一座小院落，叫上杏红，沿着村道走到青萍家中。聊了一会儿，又熙熙攘攘地来到淡云家里，接着再去拜访玉珍、燕芬和赛玉，几乎绕着村庄走了一圈。

此时，月亮垂挂高空，澄明如镜，圆润可亲。我们聊着不过瘾，一起来到池塘边赏月，坐在石栏上，沐浴着水一样的月华，继续谈笑。直到夜深了，大家仍不想散去，一边走一边聊，不知不觉来到我家，又坐在我家门前的石栏上，望着月，说着永远也说不完的话。

奶奶笑着说我们，这是“茶郎送茶丈，送到日头上”，用以形容我们送来送去，难分难舍的情谊。

夜更深了，月更亮了。山脉和屋舍，甚至树叶的姿态，都能看得一清两楚。月色是多么轻盈呀，是那样的丰饶和美好。门前，只剩下我一人，我深深地凝视着天上这轮司空见惯的月亮，不禁充满了敬意。

高悬的明月，镶嵌在墨蓝的星空中，融融月色，柔美似水，在我的心里不断流动。那夜，我兴奋得难以入眠。月光爬窗而进，奶奶一边摇着蒲扇，一边唠叨着悠远岁月里细碎的往事。

流光匆匆，奶奶已经成为了天上的一颗星星，唯有一轮中秋月，依旧东升西落，亘古不变。

## 冬至，暖如春

今天冬至，潮汕人习惯称之为冬节。

昨夜冬雨霏霏，像绒毛般从墨蓝色的天穹静静地落下，轻柔飘忽，洋洋洒洒。天气没有出现预期的天寒地冻的样子，而是在披着薄雾的气息中荡漾着丝丝暖风。温热的潮湿，分明不像冬的脚步，倒像是春在悄悄地勃发和萌动。拂面的风似春风，飘下的雨如春雨。

这些年，天气越发怪异了，冬天不寒也不冷，暖已成了常态。而春天，反而更加春寒料峭，就算春风一阵接一阵不断地抚慰，也无法消除那点寒。我猜，应是冬把它的寒冷，留了一部分给了春，故意拖慢了春前行的脚步。北方人说“春脖子短”，可到了我们岭南，春的脖子可长着呢。我总是在漫长的春季里，盼不到夏的到来，因为挂在衣柜里的棉麻碎花裙一直在翘首以待。

窗外五层楼高的白兰树，挺拔青翠，葱郁的树叶之间，点点白兰，隐隐约约，如藏深闺，香气若有若无，丝丝缕缕。有的还含苞欲放，有的已枯黄萎靡。应在夏季盛放的白兰花，却在秋阳的陪护下，踏入了冬的节气里。

古时之人，如若知道，现在的四季变得如此模糊，怕也是会惊讶的吧。真是有点遗憾了，每个季节都应该有它饱满充沛的样子，时令要老老实实地向前推进，不应辜负了上天赐予的节气，人间万物，才能顺应天时。

清晨，一轮暖阳冉冉升起，慢慢消散了空气中的湿雾，风儿温柔似水，迎面吹拂，有如杨柳风般的清爽。细雨清洗过后的天空，干净清澈，多像春意阑珊的模样。不过，周围的花草树木，呈现出来的仍有冬的迹象。黄葛树的枯枝如老人干皱的双手，无力地伸向蓝天，稀疏的绿叶正在吮吸着昨晚落下的细雨，看它那欢快的样子，一定是在喝着甘露吧。地上铺满了黄落的树叶，有的贴着湿润的泥土，有的落在盘根错节的树根上。

翠竹不再鲜绿，细长的竹叶，已有半截枯老，青黄相接，毫无生气地垂挂在竹枝上，叶子上的小水珠，正在冬阳下闪烁着光芒。竹影婆娑，它们正在寒冬里酝酿一场梦，等待一声春雷，然后脱胎换骨，更换新颜，到了夏季，就有了满枝青翠的清雅，还有飘逸的通幽了。

空气里除了清润的湿气，还飘来烧纸钱的味道。潮汕人喜欢在冬节这一天，煮汤圆拜神祭祖，这是一个传统的民间习俗。但已经少有人搓汤圆了，都从商店购买，五颜六色，什么馅料都有。我总觉得少了些什么。

小时候的冬节，在我们这里是小年，与过年同等的重要。这一天云淡风轻，天空高远，清明开阔，虽有暖阳普照，但气温极其寒冷。我的小手冻得僵硬，但心中暖意升腾，兴趣盎然地陪着奶奶一起搓汤圆。

奶奶用糯米粉加水，揉好了糯米面，搓成细细长长的一小条，然后掐成不规则的小方块，我则负责把这些小方块握在手心里，揉成一个个圆形的小雪球。

灶台下的柴火噼里啪啦，驱赶着屋里的冷气，把我的脸蛋烘得通红，小手也给烘热了；灶台上的大锅里，滚烫的热水开了，奶奶将小雪球放入锅中，不一会儿，乳白色的汤圆，一个个在水中上下翻滚，加入白糖，美味的汤圆就成了。

煮好的汤圆，除了祭拜先祖，家里凡有未满十五岁孩子的家庭，还要盛几碗汤圆拜神，俗称“拜公婆”，祈求神明保佑孩子无灾无难。奶奶说：“吃了汤圆，你又长大一岁了”。一碗热气腾腾的汤圆吃下去，心全是暖的。

现在的冬至并不寒冷，心中却少了过节的温暖。想想看，有仪式感的节日和食物，最能抚慰人心了。我对女儿说，以后的冬节，咱们也自己搓汤圆吧，那样才像过节的样子。

## 那些温暖我们记忆的年

腊八过后，孩子们放寒假了，开始数着日子等待春节。

我问她们："为什么喜欢过年呢？"她们俏皮地回答"因为又长大一岁啦！"

过年属于孩子的节日。但是，与我们小时候不同的是，现在的孩子对于漂亮的衣服和美食，已经毫不在意，过年于她们来讲，仅仅只是长大的喜悦而已。

时光快速地向前飞奔，越来越觉得现在的年味没有以前浓烈。年岁渐长，情感不再纯粹，对节日的感觉也没有小时候那么向往和期待。商场里的食品琳琅满目，年货应有尽有，一应俱全，购买方便，这使得过年的仪式感越来越简单，严重削弱了应有的年味了。

想起我们的孩童年代，食物匮乏，平常粗衣淡饭、青菜萝卜，只有过年之时，才能换上新衣服，吃到平常没有的美味佳肴。虽然这些食物现在看来无比普通，但在当时，却是一家人耗费了体力和时间，精心制作而成的，它渲染了过节的气氛，浸润着浓浓的亲情。这样的春节无疑是儿时的我们最渴盼的隆重节日。

现在回想起这样的年，真让人欢喜，激动，过瘾，回味无穷。

每年的腊月二十四这一天，在粤东地区，是传统的“神上天”之日。这一天，每家每户都要举行“送神上天”仪式，在家里的灶台祭拜灶神。这个古老的民间习俗，表达了老百姓对于美好生活的祝愿和祈祷。

早餐过后，奶奶便让我清洗竹叶和榕树枝，吩咐我在每个大门和窗户都插上，我想这大概也是一种消灾祈福之意吧。

过了腊月二十四，家家户户开始忙碌，一切的工作都围绕着年而准备，置办年货，制作各种年粿。比如：甜粿、鼠壳粿、红粿、发粿、油粿等。

粿品看起来简单，实则要花费许多工夫和心思，不是一朝一夕的事，整个过程工序繁多，纷繁复杂。但贤惠的潮汕妇女，从不厌其烦，认认真真对待，尽量使食物精致且美味。这些年粿不仅是自家人要吃的过年食物，而且是祭拜祖先的供品。偶尔有些粿品制作过程出现意外，外观不好看的，就不能当供品了。这体现了潮汕人朴素的民风，时节不忘先祖，追本寻源，敬神灵懂感恩。

各式年粿中，数甜粿最难制作。甜粿由糯米粉和白糖熬制而成，时间长，火候难以把握，某个环节没把握好，味道就差了。糯米是自家种植的当季冬糯，清水洗净后晾干，拿到村里的石臼舂成糯米粉，再用筛子过滤两三遍，粉末越细越好。筛好的糯米粉加入白糖和清水，搅拌成米浆，倒在装有腐膜的盘子之中，放入锅中蒸两三个小时，一盘如圆月似的甜粿就可出锅了，洁白柔软，清甜味美。吃的时候需用纱线切割成小块，放入锅里和鸡蛋一起油煎，味道香甜，软糯可口。

除夕的前一天，年货基本准备妥帖了。午后，村里的广播开始响起，与往年一样，动员村民上街打扫卫生。于是，我们这些空闲的孩子，全都拿起扫把和水桶，上街去帮忙。不消片刻，村街人头攒动，有的扫地，有的井里提水，很快就把村道清洗得整洁干净。人们互相嬉闹，眉眼含笑，脸上洋溢着喜悦之色。

春节在人们的眼里有除旧迎新之意，村道清洗好之后，大家都各自回家，忙自家的清洁工作了。

到了除夕这一天，过年的气氛更加浓郁，清扫过后的家干净整齐，焕然一新；新贴上的红色对联，喜庆醒目，透着新年的吉祥和欢乐。食物摆了满满一桌，最显眼的莫过于中间那只大卤鹅，油光溢彩，散发着阵阵卤香，诱人口水。

午饭过后，大人开始把食物摆上供桌，焚香祭拜祖先，这里的风俗习惯，唯有敬祖先，才能围炉吃年夜饭。祭拜仪式结束，便在门前点上一串鞭炮祈福。

除夕的下午，村子里的爆竹之声不绝于耳，此起彼伏，平常安静的小村庄，在烟火的氤氲里，热闹了，欢腾了。除夕夜的团圆饭就在这弥漫着硝烟味道和震耳欲聋的鞭炮声里开始了，把人心的温度和欢乐的情绪推向了高潮。

然而，这只是村民欢度春节的序曲而已，最重要的节目还在后头。

除夕夜子时一过，好不容易安静下来的村子，又再一次沸腾起来。村头的神庙前，连发巨炮三声，已经在家里准备好供品的主妇们，开始往竹编的春盛里放入各种食物：卤鹅、鱼、鸡、红粿、鼠壳粿、水果等等，还有纸钱和一串鞭炮。昏暗的街灯下，打着手电筒的村民陆续把供品挑到了神庙前的神台上，拜神仪式开始了。

神庙前人声鼎沸，皮偶戏正在上演，鞭炮声响彻云霄，一直持续至天亮，才渐渐停息。

初一的早晨，村庄又恢复了暂时的宁静，劳累了一个晚上的人们纷纷浸泡在梦乡之中。

突然，村里的广播毫无前兆地响起来，划破了村子的平静，欢庆的潮乐如海浪般澎湃而来，不断地涌入熟睡的人们的耳中，弄得人头脑昏沉沉，却又睡意全无。接着，村干部用本地方言，不断地重复这样的话语："参加村锣鼓队的同志，赶紧到祠堂集合，巡游节目即将开始了。"

于是，我听到了三叔和堂弟开始急急忙忙地洗漱和吃饭，不消片刻，他们已经穿着整齐，往祠堂去了。我只能爬起来，出门只见满地躺着金色的阳光，天空高远，清雅洁净，四周翠山绵延，村庄沉浸在祥和的氛围之中。虽然寒气逼人，但心中却温暖如阳。

忽然，只听不远处，传来"咚咚咚、锵锵锵"的锣鼓声，接着，又是一串长长的鞭炮炸裂之声，硝烟的味道随风轻轻地飘来。

有小孩在街上跑着，嘴里大声嚷嚷："锣鼓开始了，快点来看啰！"听得我心里紧张起来，匆匆吃过早餐，来不及跟奶奶说一声，就往锣鼓声响起的地方飞奔而去了。

村里的锣鼓标旗巡游节目，从初一到初二，足迹遍布村里的每一个角落，是一个具有潮汕特色的文艺巡游活动，是村里过年的重头戏。锣鼓标旗队伍所到之处，人们如潮水汹涌，夹道相迎，鞭炮声声。热火朝天的场面，盛大的狂欢，充分表达了人们祈求风调雨顺、国泰民安的强烈愿望。

如今，我便只能在孩子们的眼中，回忆着儿时的年，它们依然是温暖的。想起之时，眼眶温热，心口微疼，那些属于我们的年，已经远了。

## 年味：卤鹅

如果有人问我：过年最想吃的食物是什么？我会不假思索地脱口而出：卤鹅。这是一种从小养成的饮食习惯，有着根深蒂固的情结。年夜饭的餐桌上没有鹅肉的影子，于我来说，这年便会过得索然无味了。

潮汕卤鹅是传统的名菜，也是潮菜中的精华。鹅肉是潮汕人逢年过节必备的祭祀用品，也是待客的隆重食物，家里来客人时，一定要“剁盘鹅肉请人客”，几乎成了潮汕人热情好客的口头禅。俗话说：无鹅不成席，足见鹅肉在潮汕饮食文化中的重要位置。

虽然现在卤鹅已经不是什么稀罕的食物，但传统的饮食文化一直在传承，任何节日的餐桌上都需要它的点缀才算丰盛。它是每一个潮汕人的家乡味道，念念不忘的舌尖美味。

小时候过年吃的卤鹅，都是自家养的狮头鹅，这是一种体型大，品种优良的鹅种，有“世界鹅王”之美称。

每年过了中秋，深秋的山风开始四处穿梭，各家各户的门前屋后，都圈养了一群嫩黄可爱的小雏鹅。

在鹅主人的精心照料之下，小鹅努力长个，养至深冬，基本已成了十多斤的大鹅了。它们将成为村民过年的一笔收入，也是家中最主要的年货之一。

腊月二十八,一清早便可闻到年味了。左邻右舍都在自家门口忙碌着，有的烧开水，有的宰鹅，手脚麻利的已经开始拔鹅毛了。人们的谈笑声不时传来，随着待宰的大鹅，短促而急切的一声声沙哑的“嘎嘎嘎”尖叫声，袅袅青烟缭绕的小村子热闹起来，弥漫着浓郁的烟火气息，节日的气氛正在酝酿和升温。

三叔把两只宰好的大鹅的粗毛拔掉后，剩下的细毛就是我和堂弟的工作了。鹅被浸泡在木桶里，细毛在水里漂浮着，我们蹲在地上，一根一根地拔，通常需要蹲一两个小时，这项工作才算结束。站起来之时脚都麻了，头昏眼花的；小手泡在水里的时间太长，变得一点血色也没有，白得有点吓人。可见这不是一件好玩的工作，耗时耗力，全靠手工劳作。

终于，鹅的身上无一毛可拔了，堂弟伸了伸懒腰，揉一揉眼睛，一溜烟跑得无影无踪了。三叔把鹅清洗干净，挂起来晾干，抹上粗盐让其腌制一个小时。这时，奶奶已经把洗好的南姜，切了一大碗备用。卤鹅肉之所以味香，重要的因素全在于卤料的配制，其中南姜可谓起了关键的作用。

南姜又称芦苇姜，潮汕和东南亚地区擅用，卤肉、红烧鱼、清炖牛肉和羊肉，都得依靠它来增味起香。它是一种特殊的香料，有肉桂和胡椒的混合香味。

卤鹅需要大铁锅和木柴，奶奶早在年前已经备好木柴，砍得整整齐齐地堆在灶下。三叔在家门前支起一个炉子，架上大铁锅，锅里放入适量的水和冰糖，熬成金黄色的焦糖，再倒入清水、酱油、鱼露、红糖、南姜、八角、桂皮等香料。接着，在鹅的腹腔里也塞进了适量的盐和南姜，他说南姜越多越好，才够味，足见其重要性。

卤水烧开了，便把腌好的鹅放置锅中，这时需要不断往炉里添木柴，用猛火煮，过一会儿才改用中火。熬煮的过程中，不时给鹅翻身，免得烧焦了鹅皮。煮了两三个小时，鹅的颜色逐渐变得金黄，香味不断从锅里往外冒，随着风儿四处飘荡，空气中散发着丝丝缕缕的鹅肉的浓香味道，卤鹅也就大功告成了。

看着新鲜出锅的卤鹅，香气醇厚，滋味悠长，让人垂涎三尺。

除夕的下午，祭祖仪式结束后，奶奶还在灶间忙碌着，我已经迫不及待地撕下鹅翅膀，蹲在门槛上啃了起来。家人知道我喜欢鹅脚和鹅翅，全都留给我，一个春节下来，我能吃掉七八只，这年于我来讲，真是年味十足，从味蕾到肚子，全让鹅肉给填满了。

过年期间，餐桌上必有一盘卤鹅，鹅肉的上面撒上生芫荽，外加一碟醋，这成了一种标配。酱醋可有点讲究了，潮汕人叫它“蒜泥醋”。将大蒜的青叶或蒜头放在砧板上剁碎，放在小碟里，倒入白醋和食用盐，味道酸甜略带微辣。肉质肥美的鹅肉蘸上开胃的蒜泥醋，和两三根新鲜的芫荽一起入口，香美而不油腻，鲜滑美味，口感饱满，回味悠长。真是绝配了。

奶奶虽然没剩几个牙齿了，却最喜欢啃鹅头，她微闭着双眼，一无旁顾地吮吸着鹅头，嘴角荡着笑意，仿佛正在品尝人间美味；三叔没有说话，只顾大块地吃肉；堂弟一心只想着玩，胡乱吃了几口，就不见了踪影；我也没有说话，举箸夹起一块鹅肉，往蒜泥醋里蘸，连同蒜叶一起吃下去，满口酸辣，嘴唇立刻被酸成了白色，太过瘾了。

这样的时刻，任何语言都是多余的，埋头吃就是了。

在那个物资还比较匮乏的年代，在以猪肉为主食的潮汕平原，让人口齿留香的卤鹅，无疑是春节里最丰盛的珍贵美味了。

多年以来，卤鹅这样一种饮食文化，已深深地融入每一位潮汕人的血液里，成了节日的标签，浓稠的年味，有老家味道的乡愁。

## 年味：鼠壳粿

岭南的冬天不是那么冷，每年进入腊月，田野仍然青葱碧绿。菜园里的芥蓝、油菜、香菜、菠菜、茼蒿等蔬菜，一畦一畦，长势喜人。鼠壳草几步一小撮，在寒风中喜滋滋地生长，叶绿花黄，沾满湿润的露珠，这正是我要寻找的野菜。

鼠壳草又名鼠耳草，因叶子像鼠耳而得名；也是一味中草药，药名白头翁，具有止咳、除痰、解热、消毒等药用功效。

作家周作人曾写过一篇散文《故乡的野菜》，有这样的描述："黄花麦果通称鼠曲草，系菊科植物，叶小微圆互生，表面有白毛，花黄色，簇生梢头。春天采嫩叶，捣烂去汁，和粉作糕，称黄花麦果糕。"

他所说的鼠曲草也即是我们要寻找的鼠壳草，叫法虽不同，却是同一种植物。野菜也是菜，和粉做糕，即是美味佳肴，我们采摘鼠壳草，也是为了丰富味蕾，犒劳身体。

过年期间，餐桌上免不了大鱼大肉，对此，潮汕人有妙招，用鼠壳草的嫩叶和糯米粉搅拌后，制成鼠壳粿。春节之际，时令由冬转春，鼠壳粿中的糯米既能补中益气、鼠壳草又能清热解毒，特别适合在这个时间段食用。

每年的寒假，田野开阔，三五成群都是孩子们的身影。大家手挎竹篮，赶着一群鹅，如放牧的山羊，兴高采烈地奔跑在绿野之上。鹅自由自在地吃着野草，我们则一边玩，一边在野草丛中，四处寻觅鼠壳草的踪迹。微微北方轻拂，空气清冷，白云低垂，暖阳和煦，温柔地包裹着我们小小的身子。

鼠壳草有两个品种，一种是粗枝大叶的，我们叫“大米种鼠壳”，另一种是“小米种鼠壳”，叶子较嫩小，适合作鼠壳粿。

记得有一年，我采了满满一篮子鼠壳草回家，奶奶一看，失望地说：“全错了”，给扔了。原来，小米种的鼠壳草，气味香，质纯正。后来，我采摘之时，都会仔细辨认，再三对比后，才敢下手。

鼠壳草采回家后，在日头下晒干，留着年前备用。腊月二十六开始，各种年粿的制作开始紧张而有序地进行，鼠壳粿是其中的一种。

一早起来，突然发现降温了，每年到了春节前，寒流一波接一波，仿佛知道大家正在忙碌，因而有意戏弄我们。我只能把自己包成了粽子，用冰冷的小手，瑟瑟发抖地清洗着鼠壳草，还有绿得发亮的香蕉叶。

奶奶把清洗后的鼠壳草，放入锅里煮开后捞起晾干，在石臼中舂成棉絮状，再放入锅里，加些油和红糖，熬熟待用。

煮熟的鼠壳草，加入一定比例的糯米粉和熟番薯，用力揉成团，鼠壳粿的粿皮就完成了。鼠壳粿的馅料可根据自己的喜好，一般有绿豆沙、芋泥、花生芝麻等。

取一小块粿皮，捏成碗形，包入馅料，再放到“粿印”里挤压后取出，就有了“粿印”上的形状和图案，放在剪成粿形的香蕉叶上面，入蒸笼蒸熟。刚出笼的鼠壳粿，飘着香蕉叶的清香，还有鼠壳草特有的芳香，粿皮香糯，馅甜皮软，入口即化，气味独特。

美食从来都不是随随便便就能吃到的，无不是花工夫采食材，用智慧和精力劳作而得。

鼠壳粿虽然工序繁多，费时费力，但只要有耐心，根据步骤和方法，注意细枝末节的处理，就能做得好看又美味了。

明代李时珍的《本草纲目》中写道："北方寒食采茸母草和粉食"，据说这里的茸母草就是鼠壳草。可见人们用鼠壳草和粉做粿的习俗，历史悠久。这样看来，鼠壳草在中国分布范围极广。

知堂到了日本以后，还念念不忘黄花麦果糕，可见这种美食于他之印象深刻。我想潮汕的鼠壳粿和黄花麦果糕，虽不一定味道一样，但肯定也有异曲同工之妙，那就是同样拥有一股浓浓的鼠壳草之野香味了。

潮汕传统文化源远流长，人们喜欢在不同的时节里做不同的时粿，善于把适合时令的普通食材，药食同源地做成过节的美味小食，真可谓一举两得。鼠壳粿的制作手艺一年一年地传承下来，已经成为一种传统的特色小食，是潮汕人民舌尖上的年味，也是过年拜祖祭神的必需供品。

## 年味：潮汕“营老爷”

文友言一言知道我是潮汕人，给我发来了信息，说想在春节期间去潮州游玩，因为想观看潮汕传统民俗“营老爷”活动。

她是西安人，相隔如此遥远，没想到她居然了解潮汕文化，也知道这些具有地方特色的民间习俗，这让我意外得很。由此可见，这项传统民俗的盛况和影响了。

潮汕人崇拜的神明，大都是神化的古代大人物，比如韩愈和关公，还有传说中的三山国王、土地爷等。神明被尊称为“老爷”，供奉神明的神庙尊称为“老爷宫”。每个村子都有自己供奉的神明，在村民的眼里，这些“老爷”便是村里的守护神，保护着这一方水土。

有人说潮汕人迷信，其实是不了解这里的人文习俗。潮汕地区民风淳朴，敬奉神明对于村民来讲，仅仅是一种信仰而已。他们深信，神明有超越自然的力量，只有真诚祈祷，才能为家人消灾纳福。这种质朴的信仰，源于人们对生命和大自然的敬畏之情。

想想看，岭南虽说四季如春，雨水充沛，然而农民是靠天吃饭的，或许一场惊天动地的暴雨，一次突如其来的台风，一次意外的霜冻，都足以毁掉田里的农作物。想要四时风调雨顺，颗粒归仓，五谷丰登，唯有看天行事，靠信仰给自己加油，增加对生活的信心和安全感。这或许就是千百年来，老百姓始终信奉神明的原因所在吧。

潮汕地区每年一次的祭神之日，潮汕方言称“劳热”，即是“闹热”的意思。一般于农历正月期间举行，每天一村轮流开展“营老爷”祭祀仪式。

对于潮汕人民来说，这一天是一个神圣的节日，比除夕的团圆饭更重要，更具意义。许多远离故土的游子，也会携带家人，回归家乡祭拜。

我的家乡虽是一个普通的小村落，然而，每年的正月初六，村里也会举行隆重的祭祀仪式。规模不大，但是，麻雀虽小，五脏俱全，只是比一些大村庄少了些许节目而已。

年初四开始，当人们还在悠闲地欢度春节之际，村民已经开始忙碌起来了，男的忙着宰鹅杀鸡，女的忙着采购食物、制作粿品糕点等各类祭品。一家人持续地忙到初五的下午，一切工作才准备妥帖。

初五晚饭过后，男主人斜靠沙发，烟雾在房间缓缓流动，电磁炉上的热水正在沸腾，男主人熟练地将凤凰单丛茶从茶罐中取出，放入陶瓷制的工夫茶具中。饭后一杯香浓的凤凰单丛茶，是潮汕人消除疲劳的最好方式了。

女主人满意地望着一桌食物，喝下一杯热茶，开始整理拜神的祭品：卤鹅、白煮鸡、卤猪脚、清蒸鱼、红粿、甜粿、油粿、水果等，还有纸钱、香烛和鞭炮。这些祭品被装进竹编的“春盛”里，等待晚上吉时一到，就挑到神庙，参加祭祀仪式。

村里的露天舞台，往年于初五晚上八点开始播放电影。小时候，露天电影是孩子们最渴望的节目，那时只有逢年过节才能看到。屏幕前人山人海，挤得水泄不通，那曾经是一幕多么热闹而激动人心的场面。

然而，现在观看露天电影的村民已寥寥无几，现场冷清得如同深夜的街道，大布幕伫立在广场中，孤独得像是被遗弃的孩子。这种情况逐年加剧，今年的初五夜，干脆取消了播放电影这一环节了。这样的变化，令人唏嘘不已。

时代如车轮向前翻滚，社会发生了翻天覆地的变革，农村逐渐走向萧条，这已是无法回避的现实了。

子时刚到，祭祀仪式即将开始，村头的神庙旁，一排有十多根比人还高的大香，已经开始点燃。接着，震耳欲聋的鞭炮声打破了宁静的夜晚，璀璨的烟花照亮了村庄的夜空，人们欢乐的情绪也给点燃了。

这时，只见村民陆续挑着春盛款款而来，不断聚集到了神庙。神台上摆满了祭品，场面丰盛隆重。大家怀着虔诚之心，神情欢欣安静，诚心跪拜，烧香叩头，并在池塘边上燃放鞭炮，有祈福之意。

神庙前有“纸影”演出，即是木偶剧，由人在幕布后操纵木偶的一种表演形式，表演的是潮剧传统曲目，这个节目会一直持续到年初六，时长一天两夜。

人流络绎不绝，在神庙前来回穿梭，人声鼎沸，欢声笑语。孩子们嬉闹玩耍，奔走在响炮和烟花之间；人人眉开眼笑，互相拜年祝福，笑盈盈的，暖融融的。

震天动地的鞭炮声，悠扬的潮乐，人们的嬉笑声，互相融合在一起，嘈杂热闹；香烛味、硝烟味、食物的香味，在夜空里弥漫。气氛热烈，场面欢欣，一片喜乐祥和。

这是祭祀的第一个时辰，前来神庙祭拜的人数最多，也最为狂欢。也有些村民，不愿凑这个热闹，等零时一点过后，才陆续前来祭拜。于是，整个夜晚鞭炮声持续不断，如雷贯耳，空气中飘荡着呛人的火药味。

这样的夜晚，注定是无眠的。一声接一声的爆竹如潮水般汹涌，微闭双眼，内心却还沉浸在节日的狂欢里。

每年的这一刻，总觉得生活那么幸福，生命多么美好，躺在鞭炮声里的夜晚，便是年的味道，是“劳热”的味道，也是幸福的味道。

初六的早上，客人从四面八方奔涌而来，挤满了亲朋好友。村街更加热闹，全被商贩霸占了。这些移动的商贩，哪个村“营老爷”，就去哪个村做生意，一大早，就把村道整得像一个大型的菜市场。村头村尾人头攒动，车水马龙，让人错觉此刻正处于闹市区之中。

丰盛的午餐过后，村里的重头戏“营老爷”节目开始了。“营老爷”也即游神，就是让村里的小伙子用红轿子抬着神像绕村走一圈，有点巡土安境的意思。“老爷”的神像走在最前面，接着是锣鼓队、标旗队、还有潮乐队。

游神的队伍穿行在村里的大街小巷，盛况空前，景象壮观。这几年的“营老爷”形式逐渐演变成“走老爷”，年轻力壮的小伙子，抬着红轿子，快速疾步奔走在村街小巷，看得人热血沸腾，大声喝彩，特别振奋人心。意在展示农村青年蓬勃的朝气，和勇往向前的果敢精神，

村里锣鼓喧天，随着欢庆的潮乐，还有人们的欢笑声、绵绵不断的爆竹声，小小的村庄，在热闹中沸腾，在欢乐中浸润。

村民都在自家门前恭候，游神队伍经过之时，燃炮迎神，烧香叩拜。这种祈福的形式，就是“营老爷”的意义所在了。

其他大村落的“营老爷”形式多种多样，都非常热闹，他们的游神队伍有的增加了秧歌队、扇舞队，挑双篮、八仙过海、桃花过渡等节目。因为表演内容丰富，人物装扮漂亮，更加丰富好看，四乡八里均跑去观赏。

澄海的盐灶上社，“营老爷”是正月二十二，那边的游神方式更加特别，简直有点粗暴了，叫作“拖神”活动，是以折磨弄残神像，达到祈求全年兴顺的目的。当地老人说，盐灶靠海，渔民常年在海上搏风逐浪，身体强壮，正月游神活动，便用这样一个展示力量的形式来“闹热”。渐

渐地，古民俗演变成今天的盛况了。

正月“营老爷”的传统民俗，充满着浓浓的潮汕年味，正在一年接一年，不断地传承。它根植在每一个潮汕人民的心中，成为具有潮汕特色的人文风俗。

祭祀的仪式感，体现了老百姓对美好生活的向往，不管庆祝形式如何演变，都是村民发自内心深处，最真诚的生活愿望。

## 赶一群鹅，唱一首歌

那个时候的乡村，可真热闹。鸡在家里自由出入，猪随意在村里四处闲逛，傍晚的村道小路，迎面走来的除了牧童和黄牛，就是身披晚霞的鹅和鸭了，它们吃了一肚子的青草，正满足地从田野缓缓归家。

赶鹅娃赤着小脚，饥肠辘辘，手持竹竿，嘴里吆喝着。鹅却大摇大摆，旁若无人，挺着胸，仰着头，走一走，停一停。“嘎嘎”“嘎嘎”。完全不理小主人的一脸愠色。

每一个乡村孩子都赶过鹅，在鹅的叫喊声中成长，在赶鹅的岁月里度过了欢乐的童年。

我的家里常年养鹅，幼鹅刚买回家的时候，披一身黄毛，柔软光滑，模样可爱，小眼睛，长嘴巴，一摇一晃，蹒跚走路，好玩极了。

不过，幼鹅的身体比较薄弱，需用心照料才能存活下来。奶奶总担心它们在屋外受不住深夜的寒冷，经常邀请这些小不点和我们挤在一个屋里睡觉。说实在的，我受不了那个味道，窄小的屋里，只有一个小窗户，鹅粪的滋味无处消散，全都悄悄地钻进了我的鼻腔，令人作呕。黑暗之中，望着这些幼小的生命，和人类一样，正在夜的催眠之下，睡得那么安详，又觉得它们多么可爱和温暖，只能默默地忍受了。

养鹅很花精力，切鹅菜是其中一项重要的工作。菜要切得很细小，再拌上白粥或者米糠，定时、定量地喂养，吃撑了不行，饿着了也不可以，跟养一个婴儿一样费心。

稍大一点的鹅，每天早上要赶到池塘里洗澡，保持它们身上的洁净。冬日的清晨，山风裹着冷气，在村里四处回旋，孩子们早早就被大人给喊醒了，脚上踩一双拖鞋，很不情愿地用冻得发红的小手，拿起竹竿赶鹅去了。

村头的池塘可热闹了，孩子们把家里的鹅都赶进了水里，站在岸边围观，看群鹅在池塘里戏水，一边齐声唱起了骆宾王的《咏鹅诗》："鹅，鹅，鹅，曲项向天歌。白毛浮绿水，红掌拨清波。"此情此景，多么形象贴切呢。

鹅也不甘示弱，在水里嘎嘎地欢叫，也唱起了只有鹅们才听得懂的天歌。游得欢了，全都不想上岸了，任凭孩子们怎么叫喊也装作听不见。于是，气急败坏的孩子拿起竹竿往水里狂拍，大声骂鹅，池塘边水花四溅，群鹅狂叫不止，场面十分混乱。

好不容易费了九牛二虎之力，孩子们终于把自家的鹅统统赶回了家，已经饿得两眼冒星星，胡乱吃了点稀饭，匆匆地赶往学校上课了。

奶奶说，鹅不能总待在围栏里，需要赶去田野奔跑、吃嫩草，这样的鹅不但长得快，鹅肉才更好吃。七八岁开始，我就学会了赶鹅。

刚出栏的鹅，欢快地拍打着双翅，兴奋得更加目中无人，根本不把我放在眼里，直直地往村道飞奔，遇见拖拉机也不避让，还偷吃路旁正在晾晒的稻谷，把我紧张得手忙脚乱的。只能拿起竹竿猛赶，但我力气不够，撑着竹竿也无控制这群鹅，经常急得直哭，好不容易才勉强维持好秩序，心里恨死了这群鹅了。

远远地望见了自家的田园，鹅仿佛看见了青青草原，一下子就投入到大自然的怀抱之中，在已经收割过稻谷的广袤田地里，时而低头觅食，时而仰望蓝天。“天低野旷树濛濛，尽入金鹅望眼中。”鹅儿啵嫩草，这样的时刻，无疑是它们一天中最自由快乐的时光了。

当然，这时候的我也是开心的，嘴里哼着儿歌，和小伙伴在沟渠里摸小虾和田螺、捉青蛙；玩得累了，摘野花编花环；有时也捏泥巴，捏一个泥人，再捏一个饭碗，玩起了过家家游戏。

不知不觉，夕阳的光辉已经披在了我们身上，接着，这一身温暖的霞光也消失了，寒风渐渐吹起，我们只能再次拿起竹竿，恋恋不舍地赶着鹅走上归家的路。

夜幕降临，山村傍晚的寒气逼人，我饿着肚子，手脚冰凉地走在湿冷的田埂上，跟在鹅的身后，亦步亦趋，心里突然产生一丝无助的孤独感。那是一个孩子，对这个世界产生的第一缕忧愁，为何会这样感伤呢？或许是因为幼小的我开始懂得了劳作的艰辛，生活的不易吧。

远处的村庄，昏黄的灯光亮起，家的温暖正在召唤着我，我的心也逐渐敞亮起来，哼着小曲，和我的鹅伙伴一起往家的方向走去。

# 细水长流情更长

小叔是奶奶最小的儿子，年轻时长得很精神，乌黑的头发和浓密的眉毛，一张英俊的国字脸，鼻直口方，气宇轩昂。

他自幼勤劳，纯朴善良，沉默寡言。虽然不爱说话，却手脚麻利，农活样样精通。

奶奶的五个子女中，他算是比较幸运的，那时，家庭成分已经不再限制了，小叔终于获得了读书的资格。高中毕业后，小叔原本是有机会摆脱农民身份，走上另一条不同的人生道路，最后却因种种缘由，只能成了村里一个普通的农民。为此，我埋怨过奶奶，总觉得可惜了他的才华。

我的家乡是一个抽纱刺绣闻名海内外的地方，20 世纪 80 年代前后，没有一个潮州女子，是不会绣花的。当时，村里有一个很大的抽纱场，女孩子都集中在那里绣花，绣品以龙凤呈祥的图案居多，一件绣品工程浩大，针法多样，需要十多人集体合作才能在规定的时间内完成。

有一次，一位同村的姑姑指着旁边绣花的女子对我说："这位可是你未来的婶娘哦。”说完咯咯大笑。于是，我看到一位面容清秀的女子，向我望了过来，眼里有些许笑意和羞涩。从那以后，我便不自觉地去打量她，觉得她虽然瘦小，却长得很好看，眼睛又大又亮，笑起来眉眼弯弯的。

那个年代，虽然婚姻全靠媒妁之言，父母之命，但我看得出来，小叔和小婶都很满意这门亲事，他们俩看起来是那么的般配。过了不久，在奶奶的主持下，婶娘进了我们家，成为了我们的家人。

小婶爱笑，性格温和，总是把家里整理得非常洁净，就算是农忙季节，地上都能保持整洁，这在农村家庭是不多见的。我喜欢跟着她学刺绣，她的绣花技术好，绣工精细，针眼整齐，极少返工。

小叔是一个认真的农夫，四时劳作，从不言苦。春耕收秋，插秧割稻，种一畦菜，栽一棚瓜，植一架豆，再养一群鹅和鸭。与乡野植物相伴，和草木泥土相依，晨出晚归，披星戴月。多年的农耕生活，养成了小叔恬淡平和的性格，他的脸上始终那么平静，像植物一样，一脸静气。

他和小婶一直和睦相处，从来不曾红脸吵架，家庭气氛很和谐。他言语不多，但风趣幽默，每次讲话，小婶就在旁边附和，边听边笑，场面温馨美好。小婶有时喜欢唠叨，每次话多的时候，小叔眼睛一瞪，她便立即住口。这样的场景，我看了总忍不住想笑。

有一年我回家乡住在小婶家里，正值大暑，艳阳高挂，地面像烤炉一样发烫，小叔午休后喝了小婶煮的绿豆汤，拿起水壶，开着摩托车去田里收割玉米。

一会，我看到小婶也穿起了长衣长裤，不禁问她：“婶，您也要去吗？”小婶说：“我得过去帮忙，要不，你叔一个人是忙不过来的。”整个过程，我没有听到一句小叔要求小婶去帮忙的话，但小婶心里却非常清楚，什么情况下小叔需要她。多年以来，他们已经形成了心照不宣的默契。

我问她："婶，太阳这么大，去田里干活，累吗？"她听了大笑着说："干活有哪样是不累的呢？"说完，又响起一阵爽朗的笑声。

小婶告诉我，有一年刮台风，地里的甘蔗林全让风给刮倒了，小叔一个人冒雨去扶甘蔗，让小婶不要跟去，但那么多甘蔗，哪里扶得过来。她等小叔走了以后，才尾随过去，两人一起干到了深夜，才使那片甘蔗林重新活了过来。

这些事让我非常感动，这是真正的夫唱妇随，同甘共苦了。

小叔和小婶都非常节俭，从不乱花钱。如今，家里盖起了楼房，物质生活也丰富了，但每天早餐，他们依然是白粥和萝卜。其实小婶的厨艺极好，平淡无奇的青菜，她总是炒得色香味俱全，关键在于她会搭配，吃起来美味可口。

只要不忙的时候，小叔也会带着小婶在周边城市游玩，他们从不坐儿子的汽车出门，而是开一辆摩托车，想去哪就去哪，小婶没有一次拒绝，一呼即应，说走就走。坐在小叔的摩托车后座，她短发迎风飘扬，面带微笑，让我觉得那是人间一道最靓丽的风景，幸福的味道在风中荡漾。

执子之手，与子偕老。他们是朴实的农村夫妻，从不向对方表达感情，从来不会浪漫，却在岁月的长河中，恩爱加持，安享岁月静好，在他们的身上，演绎着细水长流的完美爱情，随流光越来越甘醇。

人间繁华，不必追逐，一粥一菜一双人，足矣。有人陪你共迎清晨，细看黄昏，就是美满。乡村生活简朴清幽，日子平淡安宁，就是幸福。

这样看来，小叔虽未能走出农村，成就所谓的事业，但这样的人生，也未尝不是幸福的人生了。

## 诗意荡漾的清晨

我至今仍记得那个特别的黎明，我在睡梦之中突然醒来，时针指向凌晨的四时许，窗外漆黑一片，四周寂静无声，夜色依然深沉而厚重，紧裹着天上和人间。

我起身喝了一杯水，躺回床上准备继续睡觉。突然，一阵小鸟清脆明亮的叫声传来，“叽叽叽”亮丽婉转，清晰动听。接着又有三两只小鸟呼应着，“啁啾啾”。逐渐地，鸟鸣之声不断增多，此起彼伏，越来越悠扬悦耳，越来越热闹欢快。

小鸟全都醒了，在这个仍被夜的黑笼罩的凌晨，在树枝上欢欣雀跃，凌波微步，互道早安，并且开起了清晨的音乐会，有的哼起了贝多芬的小夜曲，有的唱起了清脆的小民谣。

我的睡意渐渐消失了，开始起来灯下读书，思维变得活跃，思路逐渐清晰。独享这样宁静的光阴，是一种多么美妙的体验，仿佛自己拥有了整个世界，这种优越感的产生，或许是因为自己早起了，人们都还沉浸在梦乡中，而我却在享受当下的好时光。

这一刻，没有烦心的事；这一刻，心清似水，倍感温馨，这也许正是所谓的岁月静好吧。

就在我读书的时候，天空逐渐明亮。我踱步阳台，只见晨光柔美祥和，天地之间呈现的静谧之美，让人心里顿有安宁之感。早上的空气清新，阳台的花儿和小草们，沐浴在晨晖中，越发秀丽雅致，显得生机勃勃。

晨曦的第一缕阳光慢慢地爬上了屋顶，绚烂耀眼，新的一天拉开了序幕。

在清晨的这个时光里，是小鸟唤醒了我，我唤醒了花，唤醒了草，也唤醒了太阳。

记得小时候，我经常和好友相约爬山，天空开始蒙蒙亮的时候，我便跑到她的家里等她。清冷的薄雾笼罩着山野，空气新鲜清润，小鸟清脆的歌声在山林间荡漾，小露珠闪亮地挂在草尖上，晶莹剔透，我轻轻地抚摸着，它们便消失不见了，湿了我的手，润了我的心。

露水打湿了山路，潮湿滑溜，走起来异常吃力，却一点儿也不影响我们兴奋的心情。爬至半山腰的时候，太阳已从远处的地平线钻出，温柔地照耀着大地，山下的村庄，炊烟袅袅，寂静秀美。

田垄小路，村民头戴斗笠，荷锄而行，一脸安静。勤劳的农民，一生与露水和阳光相伴，日出而作，默默耕耘。

蜿蜒爬行的沟渠，流水淙淙，田间的一切植物，被露水滋润过，沐浴在晨晖中，欣欣向荣，清新翠绿。

乡野清晨的纯净和安宁，是一幅诗意自然的画卷。

我们下山后，回家吃了早餐，到了学校依然比其他同学早到。那一天便会觉得日子与往常不一样，好像变长了，有意义了，一整天都处于兴奋的状态，学习也格外用心。

一日之计在于晨，可知清晨的时光贵如金了。因为早起，无形中你比别人拥有了更多的时间，更多属于自己可控的时间。在这个时间里，你做了自己喜欢的事，因此会觉得这一天过得有意义而更喜欢自己，因为喜欢自己，就会更加热爱生活，做事的效率也会提高，这样良性的循环，便是一种积极的人生了。

威尔科克斯说：一天之中最美好的时光在黎明。

是的，和小鸟一起醒来，在它们清丽动听的歌声中，在诗意荡漾的清晨，迎接第一缕朝晖，翻开灿烂明媚的新一天，这是多么美好的事。

## 聆听鸟鸣

经常有一两只小鸟，没有缘由地从天而降，停歇在我家阳台的花草间，传来一串银铃般的鸟鸣，“叽－啾－啾，嘀－哩－哩”。机灵的小眼睛东张西望，细语呢喃，上蹿下跳，尖尖的小嘴儿在花叶上寻寻觅觅，啄来啄去。闹腾一番，忽地扑棱一声，飞走了。阳台又恢复了先前的宁静。

每逢这样的时刻，我们都不敢惊动它们，屏息凝视，静静地观察着眼前这生动的一幕，它们不告而来，又不辞而别，虽然只是须臾的片刻，却给白开水一样的日子增添了一丝趣味。

对于大自然的欢爱，除了植物之外，鸟儿是我关注最多的小动物。世间最灵动的动物莫过于小鸟，婀娜小巧的身姿，动听婉转的歌声，音色嘹亮快乐，极能愉悦人心。特别是焦躁之时，在欢愉清脆的鸟声里可获得一份诗意的安静。

每一个清晨，我都被小鸟们轻声唤醒，它们在窗外繁绿的白兰树和龙牙树之间跳跃，一大早就开起了音乐会，时而如交响乐般，欢快而明亮，时而如幽涧缓缓潺潺的清泉，汩汩咚咚。

我赖在床上，洗耳倾听这悠扬悦耳的鸣啼，仿佛如闻天籁之音，静静地聆听着，浸润着，心灵开始柔软而松弛，时光变慢了，四周更静谧了。鸟啼诗梦醒，此刻只想吟一首诗了。

是因为清晨的寂静而感鸟鸣的动听，还是因为鸟儿歌声清丽柔美，方显清晨的宁静呢？我想这也许是相得益彰的，“蝉噪林愈静，鸟鸣山更幽。”应是这样的一种意境。

家中闲坐，偶尔听到斑鸠在林间低吟，啼声浑厚辽阔，“咕咕咕”、“咕咕咕”，声音悠远古朴，富有节奏感，与其他鸟儿的音色相去甚远，显得尤为特别。寂静的下午时光，突然传来三两声深沉的咕咕之声，顿感穿越至深山之中，幽静，空灵，美好，有如禅音。

一天清早，我在阳台晾衣服，发现楼下有两只斑鸠正在打架。它们互相追啄，从龙牙树上一直奋战至地面，持续将近半个小时，精彩纷呈，把我看傻眼了。原来鸟儿也闹脾气的，一言不合，也会大打出手。不知道鸟儿们吵嘴的情形如何，想来定是朝对方急急地啼叫，毫无乐感，像泼妇骂街一样的吧。但我所听到的鸟鸣，从来都是美妙和谐，音色欢乐，我以为鸟儿是一种从不生气的小动物。

年少时，我曾经跟着姑妈在山脚下的门前绣花，四野寂静无声，只剩下我和姑妈穿针引线的声响，偶尔从山上传来一声一声不同音调的鸟鸣，划破村庄静寂的天空。

有一天姑妈说：“你听，这小鸟好有趣，一直这样啼叫：鹧鸪肉大大。好像在炫耀自己的肉多呢！”我不禁莞尔，细细聆听，果真有那么点意思，按我的家乡方言翻译过来，差不多是这样的意思。我的姑妈可真是奇思妙想。

那时候，我常和小伙伴在山上疯玩，寻找熟落的杧果和野果子。在那片茂密的树林里，山野安静空旷，万籁寂寂，野花飘香，一只只高飞低旋的鸟儿在山间飞跃和啼鸣。

“芳树无人花自落，春山一路鸟空啼。”是的，野花从不问路人，自开自谢，鸟鸣百啭千声，与山花一起散落在那些年少的闲逛流光中。赏花，听鸟鸣，摘野果子，都是好光景。

有一回，我们在杧果树下发现了一只躺在地上的小鸟，观察之下，才知小鸟已经死了。那是我第一次如此近距离地接触一只小鸟，尽管它不是活的，我仍能感觉到这是一只有生命的小动物，它曾经生龙活虎，在天地和山林之间翱翔和欢唱。我们挖了小坑，把小鸟好好掩埋，铺上泥土，又在上面撒上枯枝杂草，一步三回头地离开了。

我方才懂得，原来鸟儿也会死，它们明丽的歌声也有期限，淡淡的忧伤在心里弥漫。我开始学会珍惜映入眼帘的每一只小鸟，还有沉浸在鸟鸣声中，那些属于自我的诗意时光。

我感恩鸟儿带给我的愉悦感受，也欣赏它们欢欣跳跃时欢乐的模样。每当仰望天空，喜欢看着小燕子在蓝天上涂鸦的身影，直到它飞向远方的远方；路过树下，看到喜鹊在树枝上腾挪飞跃，愉快地啼叫，我也会微笑着驻足观看；风雨交加的夜晚，我经常为那些栖居于树枝上的鸟儿们揪心，深切祈祷它们平安无恙渡过危关。

每一天，我在莺歌燕语中，获得了一颗宁静之心，还有一丝欢乐，一份闲情，一点野趣。如同给平而淡的日子添加了调味品，使生活变得活色生香，浓淡相宜，诗情画意。

那么，请你也做一个像小鸟一样快乐的人吧！静静地聆听它们的歌唱，你也将会拥有一颗清净之心，时刻感受到生活之美。

# 深夜有蟋蟀在唱歌

这几天的夜里，我总能听到蟋蟀鸣叫的声音，确切地说，它们应该是在唱歌，像一只夜里的小精灵，蛰伏在黑暗中，在静寂的深夜里，唱着我们听不懂的旋律。

夜，深沉而宁静，静到可以听见自己心跳的声音，还有身旁女儿均匀的呼吸声。蟋蟀尖细地长鸣，若隐若现，似有若无，轻轻远远，迤迤逦逦。若不是我此刻心无挂碍，正竖着耳朵聆听夜的气息，那么，是完全不会注意到深夜里还有蟋蟀在欢歌。

蟋蟀的声音，并没有吵到我，反而使夜晚显得更加静谧，内心更加安详。有蟋蟀歌唱的夜晚，突然觉得世界美好了起来，已经很久没有听到蟋蟀的鸣唱了，这可真是久违的声音！

在城市生活的这些年里，高楼大厦使它们远离了我。或许，城市本来就不是它们理想的栖身之所，它们真正的家，应该与你我一样，在那座有山有河的小山村里。

那时的乡村，一入夜，便是动物们的天下了，各种声音此起彼伏：

青蛙、蟋蟀、螽斯，还有些不知名的虫子，在夜的摇篮里，窃窃私语，轻轻呢喃。在那些童年的时光中，我们总是听着虫鸣、枕着夜色进入梦乡。

后来，我们逐渐远离了村庄，远离清澈的小河流，远离秀秀青山、葱葱乡野，还有满地奔走的鸡和鸭，我们离大自然越来越远，最终定格在一座城里。

蟋蟀真是一种灵动的小动物，仿佛一生下来，便知道自己该干什么，它们不管白天还是黑夜，只要高兴起来，便不停地唱，旁若无人地唱。不得不佩服它们的乐观，纵然一生只有三季，也要不停地唱，唱给自己听，也唱给别人听，这是何等的坚持！

有很多人，并不懂得自己适合做什么事，应该成为一个什么样的人，而浪费了许多灼美鲜艳的年华，如同我一样。如果我也能早点懂得这样的道理，便不会在那些岁月里哭泣和伤悲，即使没有人听，也要歌唱，也要坚持，不管是在幽深的黑夜里，还是在苍茫的大海上。

为了一口饭、一碗汤、一件衣服、一床棉被、一间可以憩身的小房子，耗费了所有的精力和时间。我不懂得像蟋蟀一样，可以用歌声来喂养自己的灵魂。一个人，除了一日三餐地过日子，原来我们还需要唱歌，需要灵魂的觉醒，唯有这样，才能聆听自己那颗跳动着的心，它想过什么样的生活。

当我懂得这样的道理，光阴已经消逝无踪，从现在往前看，那些汩汩流逝的岁月，我不曾用心思考，我只是一味地虚度时光，孤独地生，孤独地活。心灵长满了枯草，梦想被弃了荒野。可是，那些荒废的日子，它们已经没有办法走回来。

脚步一直在匆匆地赶路，可是灵魂却落在了后面。

喜欢这样的夜，没有月光，幽深的夜色笼罩着天地，神秘而安宁。黑夜带走了白天的喧嚣和繁杂，也暂时地隐藏了人世间所有的荒凉。安静的夜，让人沉浸在孤独中，缩小在一个自我的世界里。已经很久没有体会这份孤独，很久没有欣赏这样的夜深人静，原来它如此静美。

感受夜的静，夜的温馨，倾听这深夜里的蟋蟀，那一首一首孤独的歌曲，记忆中那些被风吹走的火花，那个正在向前赶路的灵魂，正慢慢地向我走来。

外面很黑，可是我一点也不害怕，身边有了我爱的人，有了他们的陪伴，我才知道，生活除了柴米油盐，也可以像蟋蟀一样，不管是阳光下，还是深夜里，都不忘初心，坚持做自己。

想到这里，我的眼角有些温润，拉着女儿温柔的小手，睡着了。

# 春愁悠悠似水长

日子从冬滑向春，从冬寒进入春暖，从萧瑟到逐渐丰茂，季节在流光的推动中一点点地变化。春天，是多么蓬勃优美的词语，这本是一个生发讨喜的季节，却因为春雨连绵而让人滋生了春愁的况味。

春天的黄梅雨，像极女人的泪水，一触即发，滴滴答答，飘飘洒洒，不管不顾，酣畅淋漓。绵绵春雨无绝期，接二连三，从早晨到黄昏，断断续续，淅淅沥沥，似不停息，直下得人心里冷冷清清。

“好雨知时节，当春乃发生”，春天喜雨，润泽万物，洗尽铅华，但春雨过于频繁，这潮湿阴冷的日子，便少了一些欢喜心。虽然垂柳丝丝草色新，但二月春风似剪刀，天气时冷时热，寒潮来时，如坠入深冬，暖风起时，却如身处夏至，乍暖还寒之时，最难将息。

早春季节，春寒料峭，我们像是太阳养在深闺里的情人，它总是一天光顾，三天消失，如此反复，让人捉摸不定，气恼万分，又无可奈何。天气的脸色更是一日三变，早上阴森森，中午暖洋洋，到了夜晚，却飘起了小雨，弄得到处湿湿漉漉，空气黏黏糊糊。

“梧桐更兼细雨，到黄昏、点点滴滴。这次等，怎一个愁字了得！”李清照的悲秋之词，此情此景却也仿佛贴切，细雨霏霏，乍暖还寒，一缕春愁生。

春天是一个潮湿的季节，特别是在南方，早晚有浓雾，寒冷的湿气一旦入侵体内，便很难去除，使人浑身不舒服，寝食难安，腰酸背疼，备受折磨。朋友说，她讨厌春天，大概也是不喜欢春天多变的性格。春寒容易产生春困、春愁容易滋生春恨。

岭南的初春，没有看到柳絮飘扬，倒是落叶满地，伴着春雨，随着春风到处飞舞。在街上随意走着，麻楝树枯黄的落叶忽地剥离树枝，在空中画着优美的弧线，轻轻地从眼前落地，没有一丝声响，却于无声之中击碎了一颗路人之心。泛眼望去，满地尽是黄金甲，又惹人无端生起诸多清愁。

龙牙树的落叶最是深情，陪伴龙牙树度过了整个冬天，直到春风送暖，新芽初绽，龙牙花三两朵开于枝头，这才恋恋不舍地挥手作别。落叶掉了，它还能化成春泥，来滋养树木，而我们呢？济沧海也好，蹉跎也罢，又能在这个世界上留下些什么痕迹呢？

闻到春的气息，海棠花次第开了；草地里的酢浆草喝了几场春雨，也成片地绽放了。更别说山上的梨花、桃花、樱花，它们的消息更加灵通，早已经开得漫山遍野，那些早开的，已经开始凋谢了。花儿谢了，来年还有再开的时候，而我们的岁月呢？那些走过的日子，为何就再也寻不回来呢？

年年有春天，岁岁人不同，在不断流逝的岁月里，我们的一生又能有几个春天呢？光阴冉冉，流年难追，无语凝噎，此愁难消。

一腔春愁，欲说还休。好不容易盼来了春天，又嫌春愁烦人；等到春深之时，落红无数，又开始留春惜春。“问君能有几多愁，恰似一江春水向东流。”春天里的愁思，就在这缠绵的春雨里，就在这感时伤春的喟叹中，一点点滋长出来的，渐渐漫溢，直到盈怀满胸。

但我也深信，春寒总会消融。日子逐步迈向暮春，当春深似海，燕子高飞，繁花似锦之际，那时青山黛色，阳光明媚，掬一缕春光，向百花问好，与昨天告别，把明天遥望。

流光短暂，载不动许多愁，就让它随春水流逝，随春光消散吧！

## 秋日海韵

秋天是一个色彩缤纷的季节，树叶黄落，层林染色，目之所及，古林秋色，无限唯美；秋天云白天蓝，秋水清瘦，原野宽阔，有一种广袤无垠的美；而秋天的大海，则显得辽远开阔，浩浩荡荡，如天空的靛蓝，像秋风一样的清爽。

大海虽是亘古不变的，无论春夏秋冬，一直奔腾汹涌，永不停息，好像永远一个模样，但也会随四季的变化，而呈现不一样的美感。

春天的海面雾气缭绕，海有朦胧之美；夏天的海是明朗而热情的，有荡气回肠的壮丽之美；秋天的海，则是湛蓝明艳，清丽柔美；而冬天的海，冰冷刺骨，寒气逼人，只能远观不能进入，有一股冷艳之美。

我偏喜欢秋之海。秋日的海边，风清水秀，蓝天连着碧水，一望无际的蓝。抬头是安静如画纸的蓝，低头是起伏晃动的蓝，看得人飘飘然，醉醺醺，沉浸在无边的遐想中。蓝色能激发人涌动在心里的梦想，那些儿时的，青春的，以及无时无刻期待的，永远无法实现的，只存在于梦里的，纯粹的梦想。

面对这样一片纯净浩荡的大海，自我显得多么渺小微弱，一颗心被海水浸润后，逐渐变得如海一般浩瀚广阔，仿佛也能包罗万象。那些一地鸡毛的琐碎和不堪，那些求而不得的烦躁，那些深深的忧虑，淡淡的清愁，在面前激荡澎湃的海水冲刷之下，消失得无影无踪。

眺望大海的时候，总感觉海的深处一定隐藏着神秘的景象。你看，表面看起来似乎平静的海面上，水流涌动的力量却是那么巨大，一波连一波的海浪，悄悄从远处涌向岸边，它静悄悄地前进，谁也不告诉，突然撞击岩石，升腾起硕大的浪花，奔涌的雄姿令人喟叹。有的海水则欢快地爬上沙滩，砸向散步捡贝壳的人群，吓得人们纷纷后退。

它看起来那么绵柔，却蓄满了洪荒之力，这股力量自然天成，随时出击，仿佛它想到达的地方任谁也无法阻挡。我的心渐渐化为海绵，吸取了海水的力量，好像内心也强大了起来。

当夕阳斜挂海面时，秋风更加柔和了，海水也变得温顺，不再恣意咆哮，而是静静地和斜阳吻别。夕辉倾洒而下，海面浮动着金光闪烁的小浪花，仿佛被撒上了无数的碎金子。

天边流淌着紫薇色的如孔雀开屏的云层，远方的海面逐渐变得蓝灰而暗淡。夕阳再怎么留恋海洋，还是没办法永远相依，终是恋恋不舍地沉落了。失去阳光的辉映，海水变得失魂落魄似的，没有了欢乐的表情，随着浪潮发出了呜咽之声。

黄昏薄暮，沙滩上的人群逐渐散去，头顶上舞动的风筝也消失了，只剩下海浪拍岸的涛声。就这样，踩着柔滑的细沙，沿着海岸线行走，直到夜色笼罩，像一张巨大的黑网，把我们包裹在里面。

夜幕下，大海隐匿在幽深的夜色里，再也分不清楚哪里是沙滩，哪里是海水，它不再是神秘莫测的海，仿佛也成了陆地的一部分，那么安静地睡着了，耳边只有海风在吹拂，轻柔地掠过发丝。

一轮上弦月出现在天边，星星依次悬挂苍穹。有人在海边燃起了烟花，缤纷灿烂，像荧幕一样，瞬间绽放，又瞬间消失，在这样寂静幽黑的沙滩，每个耀眼的刹那，仿佛一个又一个美丽的梦境。

不远处，有人支起了帐篷，看情形是准备过夜的，真让人艳羡。就这样横卧沙地，以地为床，以天为被，听海涛，观夜色，这该是多么惬意而浪漫的难忘之夜呀。

大海浩瀚、深邃、永恒、古老，在上亿年的时光磨砺之中，它像一位充满智慧的年长智者，在它的面前，人类的我们是多么微弱渺小。

沧海一粟，我们虽只是海边的匆匆过客，然只有走近大海，和自然对话，让灵魂袒露于天地之间，才能观照内心，净化心灵，开悟人生。

## 秋意渐浓，素心如简

每一年，我总是要等到入秋以后，才感到人与心境的平和。春天湿寒的海风总是让人受不住，夏季裹挟的炎热也实在难受，唯有气象清明的秋，最是喜人。

立秋过后的每一个日子，感受秋意趋浓的缓慢节奏，给平静的生活，添一缕凉爽的清风；给素淡的心境，添一份疏朗的情怀。

这浅浅的初秋，虽暑气依旧，艳阳如虎，然入夜之时，清凉的秋风忽起，从纱窗轻轻飘入，闷热的房间有了丝丝凉意，清清爽爽地沁入心扉。斜靠窗台，一轮缺角的秋月贴于苍穹，披着朦胧的幕纱，羞羞地穿云而去。风清清，月不明，秋的衣裳尚未穿戴整齐，亟待秋风一遍遍地提醒，才能换来秋日美好的模样。

淡淡月色，树影横斜，夜色之中，我仍能感觉到这满树的绿意，虽然入秋之后，树叶逐渐斑驳，偶尔飘下一两片黄叶，让人顿觉叶落而知秋了，或许再过不久，这一树浓绿的叶子也终将枯黄而飘零。

四季之味，在一棵树上最容易闻到。我越来越觉得，一棵树是沉默的土地，在人间的恣意表达，泥土承载了它们的躯干，让树木于每个季节，呈现其应有的样子；我经常注视一棵树，它虽不曾言语，长期一个姿态，但在一片树叶的变化里，时间缓缓走过了，这看不见摸不着的时间，让一片叶子悄悄告诉人们，流光是怎样的匆匆。

年轻的时候，喜欢追逐繁华和热闹，现在才明白，只有素净的日子，才能抵抗这时间无声地流逝。它苍凉的底色，不是一颗风风火火的内心，所能承受和明了的。

行至人生的清秋，不再执着于外界的喧嚣。人间繁华，均是过眼云烟，唯有素心向晚，方能心无挂碍。

好时光，需慢慢走，赏四时佳景，怀一颗简单静雅之素心，迎接每一个晴朗澄澈的日子，在一片叶子上感受四时变化，看流光在微风中静静消逝，观日月欣然东升款款西斜。人情有冷暖，世事也沧桑，一切有定数，种有因之果，修无为之心，静穆悠远，心有菩提，不悲不欢，清淡似水。

越来越喜欢简朴的生活，做简单的家常菜，着宽松的素棉衣，喝无色无味的白开水，也在阳光绕窗的午后，让一杯花茶氤氲舒心，于书香中觅一处清凉意。日子就这样淡淡地过，平凡的三餐四季，就是温暖的人生。

陶公在南山采菊东篱，我虽只能在几平方米的阳台莳花弄草，也能采纳草木之山气，欣赏飞鸟往来之情趣。身处闹市之中，然，心有桃花源，何处不是彩云间，此中真意，心悦即可。

每个简静的日子，都是良辰；每个抱素的瞬间，春和景明。

翻开九月的华章，秋意日浓，秋色连波，青山斑斓，披黄带彩；山间虫声四起，叶落无声，秋林古意；碧空远云淡白，剪剪秋风，雁儿成行。

这样淡雅的秋日，宜着素装，奔赴山野，看层林尽染，享碧海蓝天，怀清欢素心，过简静日常，可好？

## 金风玉露，虚度半日秋

已经深秋了，南方的太阳依然热情似火。从季节的温度来感受，岭南深秋的气温，像极了北方的晚夏。南北之间相隔千山万水，气温相差也是千里万里。岭南的季节一直是模棱两可的，冬不冷，春有寒，夏不热，秋微暖。慢的呀，不是慢半拍，而是两三拍。

这里的深秋，看不到秋林古色，但在满树繁绿的枝头，也有星星点点的黄叶点缀着，季节的变化虽然不明显，却仍有迹可循，秋的天更加澄蓝，云越发白淡，阳光温和，空气清爽，天高地阔。我喜欢这样的清秋况味，淡泊的，轻柔的，从从容容的，不温不燥的，像极了人到中年时的状态。

这样的季节，最好的趣味是去野游，或者到公园闲逛，赏秋色，吹凉风，一定比待在屋里舒服良多。怎么不呢？一年四季之中，最美好舒适的季节莫过于秋了，没有一丝寒意，没有一点热气，有的全是清爽的微风，还有微凉的秋意。

于是，我也邀上两位好友，带上各自的孩子，就在公园的湖畔边，摆上一张圆桌子，六人坐下刚刚好，一套工夫茶具，一本闲书，各类美食点心，大人带上一颗闲心，孩子带上一点玩意，在这个秋日的午后，开始了我们的欢乐聚会。

这真是难得的聚会，和两位闺蜜已经许久没有畅聊了，我们各自忙碌，在匆匆而闪的日子里，以忙为理由，在时间的裹挟下一直向前奔走，从青年奔向了中年，从女孩变成了妇人。

有多少朋友，走着，走着就散了，变成此生永不交汇的行星，各自在自己的轨道里修行，相见无时。也有一些朋友，真心实意地惦记着你，不管你挂在哪棵树上，她依旧顺着凹凸不平的树干，不辞劳苦，攀爬而来。这样的朋友，就算浪费宝贵的时光，也要深深珍惜之。

人生有时如同一杯茶的工夫，在闭眼和合眼之间，不断地循环往复，一生就这样悄悄地过了。慢下来，停下来，喝一杯下午茶，哪怕只是半日的时光，也是对生命的敬重和怜惜。

公园的湖面水波潋滟，如细碎的银子泼洒在上面，闪闪发亮。不时有小鱼儿探出小脑袋，轻吻了照射在水面的阳光，又满足地沉入水里。

粉色的紫薇花，在细长的枝头上怒放，十万分的灿烂，尽情而热烈地展现着自我，它们从夏季开始，一直孜孜不倦地开花，美得清雅，美得单纯，完全没有二八女孩的羞涩。

桂花送来淡淡的暗香，幽幽的香，撩人的香，也是一种醉人的香。赏秋的节目单里，一定不能少了秋桂，它是秋的主人，秋赋予桂香，桂装饰了秋色。“不是人间种，移从月里来。广寒香一点，吹得满山开。”你听，杨万里说桂花不是人间种植的，而是来自嫦娥的广寒宫里落下的芳香，难怪如此香馥醉人。

头上的苍天古树，遮蔽了天上明媚的秋阳。柔和的秋风轻拂而来，像婴儿的小手轻轻地抚摸，挠痒痒似的，在我们的身上来回揉搓，酥酥麻麻的感觉，填满了每一寸的肌肤。吹得久了，人微微熏晕，渐渐沉醉。

这真是一个安静又美好的秋日午后，若不是树上的斑鸠一声声地轻唤，我几乎沉沉欲睡，眼睛停留在书页上，视线已经模糊。斑鸠的音色浑厚古朴，闻之如入空山之感，在它一声又一声沉稳有力的呼唤中，我才不被秋风给吹睡了。

一整个寂静的下午，天空不断地变换着脸色，太阳是最好的调色盘，一会儿给天空添彩，一会儿给它镶金。蓝天上的每一刻，都是全新的景象，就在你闭上眼睛的一瞬间，太阳调换了色彩，白云更换了姿态。

越来越深爱这样明朗艳丽的秋日，闲坐于秋景中，知己有二，品茗，闻桂，赏花，听鸟，望天，闲聊，掏心。足矣，足矣。

红尘陌上，浮生若梦。不错过每一季的鲜花，也不错过每一刻的相聚。在时光的深处，捡拾碎片光阴，偷闲遇故知，留住每一个明媚的今天。

## 秋光熠熠

午睡起来，偷得片刻空闲，一册素书，一杯清淡的花茶，踱步窗台，楼下一树茂盛的浓绿，散发着赏心悦目的生机。窗外秋光明媚，秋阳炎炎，一片金黄，映照在挺拔苍郁的龙牙树上，满树绿叶浸没在金光之中，明艳耀眼。

黄叶隐匿于绿叶之间，在枝丫上随风飘摇，将落未落，心有不甘的样子。沐浴秋阳的日子已经所剩无几，虽然树上的日子摇摇晃晃，并不安稳，但仍是一片有生命力的树叶，可以遥望天穹和云层，可以和鸟儿嬉戏和缠绵。而一旦被秋风吹落，那它就是一片落叶了，作为一片叶子，它的使命已经结束，只能在地上继续涅槃，才能把灵魂埋葬于泥土之中，化为泥土。

一只白头翁在树梢之间跳跃，起飞落下，凌波微步，它应该是十分熟悉这一棵树，恍若我们熟悉这个人间。树木是一只鸟的生活空间，它可以在不同的林木之间来回觅食，如同我们的居无定所，四处漂泊，从一座城市移至另一座城市。鸟儿痴迷于山野，栖息于林间，偶尔也来到繁华都市中的某一棵树上。而我们却住在高高耸立的钢筋树林里，过着迷宫一样的生活，羡慕一只鸟儿的来去自由和了无牵挂。

想到这里，我不知道该如何诠释心中的这一缕闲愁，它总是缥缥缈缈地来去无踪，时而入驻我心深处，时而消失无影。在熠熠生辉的秋阳面前，阴翳根本无法落脚，能浮现的也只是那么一两丝淡淡的清愁，它如缕缕轻烟，不足以击垮一个人的意志，却能让人沉溺其中。

其实，闲愁有时也是美的，清清浅浅地在心中闲坐，一股细腻的情思涌起，不自觉地想要吟诵一首宋词。如马致远的“枯藤老树昏鸦，小桥流水人家。古道西风瘦马，夕阳西下，断肠人在天涯。”抑或是李易安的“东篱把酒黄昏后，有暗香盈袖。莫道不销魂，帘卷西风，人比黄花瘦。”

一颗心确实已经到了天涯了，无比向往远方别样的风景，有枯藤老树昏鸦的地方，有小桥流水人家的地方，有枫红菊黄草绿的地方。困于城中一隅，怎能不羡慕起这窗外的秋阳呢？它可以抵达任何地方，只要它愿意。

室内的光线渐渐暗淡了下来，秋阳正在西斜，和一棵树温柔耳语，迟迟不忍离去。龙牙花开出了三五朵，国旗红的颜色，耀眼鲜艳，有着愉悦人心的力量。龙牙树最是特别，常于秋冬季节开花，于秋风剪剪中，盛放着娇艳的笑容，这是要盛赞的。

就像一个人，处于生活的清寒之下，仍能和颜悦色地过着自己的日子，不焦不虑，淡定应对，还能不时地笑出声来。如秋菊寒梅一样，顶风寒，傲霜雪，铮铮铁骨，独立于天地之间，乐观坚忍，从容豁达。拥有这样的品质的人，是人中极品，过的是无愧无悔的一生。

说至此，反观自我，惭愧之极。我是一个经常生活于焦虑之中的人，自小家庭贫寒，一直生活在动荡不安的环境之中，不安定的生活环境，养成了自卑而敏感的个性，或许这些也是我忧伤的根源。

多愁善感是一种根深蒂固的情思，对于一个写作者来讲，有这种细腻的思绪未尝不是一种坏事，对万事万物保有敬畏之心，亲近一草一木，一花一叶，寄情和冥想，都是乐在其中的事。

梭罗闲居于瓦尔登湖畔，游走于山林草丛间，感受神的一滴，与清风朗月对饮，和虫鸣鸟啼相伴，在山野间用脚丈量，用手劳作，用心写诗。给后人留下了宝贵的思想财富，还有洁净的瓦尔登湖，以及康科德如画的四时光阴。

瓦尔登湖已经不仅仅是一个湖，它变成了一种隐喻，成为人们心中向往的秘境。只要你的心中藏着一个瓦尔登湖，那么生活不管如何的泥沙俱下，如何不堪和一地鸡毛，你的心中都保有一片净土，如瓦尔登湖一样的清澈明净，这或许正是天地万物给予你的恩赐。

但是，你如果对世间一切事物视而不见，无视于眼前的一只飞鸟，或者绿的树红的花，那么，你的日子一定是粗糙的，因为能调动你兴趣的只剩下简单的生活了。名和利于你来讲，已经远超过一个瓦尔登湖。这也是一种生活选择，你喜欢即可。

但我所喜欢的，却是这眼前的景致。只要推窗迎景，和一切有色彩的景象深情对视，将身后的琐碎日常遗忘，我的心中，此刻便拥有了瓦尔登湖般的宁静，生活自然也是美好的了。

## 岁月忽已远

不知不觉，岁月已远。远去的岁月被时间雪藏。

藏在月转星移无声的轮回中，藏在一只北来的孤雁声声的哀嚎里，藏在燕子衔草筑巢的喜悦声中，藏在一棵参天大树的年轮里，藏在花开遍野的山坡上，藏在溪水潺潺永不停息的脚步里，也藏在你我逐渐爬满皱纹的额头上。

它无声无息，静静地流淌，在你不经意之间，在你无可奈何的叹息里，慢慢地流逝。

满天繁星在无垠的夜空中眨着大眼睛，看起来，它们似乎天天一个样，可是，昨天和今天已然不同，时光悄悄地溜走了，它们已经不是昨天的星星，而今晚的月亮也已经不是昨晚的那轮皓月。

寂静的午夜，似有梵音在萦绕，过往的时光像是一盘错落的棋子，镶嵌在人生的棋盘上。在岁月的古道里寻找回忆，那里刻满了你我所有的一切，生命过程的全部。

流年似水，时光不语，年华像飘落的枯叶滑走，昨天只能回忆。匆匆飞逝的岁月，如小河淌水，在心间流过。被时间牵着走的，是你我的容颜和一颗逐渐苍老的心。

经常被一首熟悉的旋律沉醉或者惊醒，歌曲浸满曾经的回忆，回忆里是那些品尝过的人间百味，有熟悉的风景，有可怀念的旧人，有食物香美的味道，还有欢喜和忧伤的往事。

曾经是漂泊的，在岁月里虚度光阴；曾经是无知的，在人生的旅途中，不断地迷失。

总以为来日方长，时光充裕；总以为青春无限，岁月漫长。日子从青涩走向油腻；容颜从水嫩新鲜，到点点黄褐斑；身材从高挑儿，到逐渐有些臃肿。岁月不留人，人留不住岁月，街灯依旧璀璨，人却静静地在老去。

时光薄凉，光阴无情。岁月不曾等待过一朵花的开放，也不曾挽留过一朵花的凋零。既然无法拉长生命的长度，那么只有向内而求，拓展自己生命的深度，在世间修行，做时间的富人。

曾经我们是多么嫌弃那个黄土飞扬的小乡村，而如今那里却是我们心灵的诗和远方，不管城市有多么繁华，人到中年，还是向往那个有山有水的地方，有一个院落，爬满了蔷薇花，种满了栀子花和油菜花；屋前有小鸡，檐下有筑巢的翠鸟，庭院中一方水井，一棵白兰树，还有一个温馨的家。

人间烟火，眉间清欢。过寻常普通的日子，买菜，做饭，抹窗，修剪花草；读一本自己心仪的好书，与作者的心灵的对话，让书香滑过指尖，直抵内心；安静地写小字两幅，心灵涂上月华，干净通透，心无杂念。不感伤过往，不焦虑未来，心怀欢喜心，日子简而素。

每一天都嘴角上扬，扬眉微笑。笑藏在心里，心便能开满鲜花；笑绽放在脸上，就会喜上眉梢，红润有光。日子是上天给予的恩赐，向前一步便有一步的欢喜，怀揣喜悦的心情，不怠慢当下的好时光，让自己在无声流逝的岁月里沉淀，做自己的太阳，无须借助谁的光。

背起行囊，去一处未曾走过的风景，遇不曾见过的怪石和野花，让山风拂过脸颊，让泉水洗涤身心，用脚丈量世界，用心感知四时，纵使岁月会老，你却做了时光里的歌者。

邀上好友两三，在一个阳光满地的午后，一起喝茶，闲话家常，感悟人生。在茶香的氤氲中，看秋天的阳光，轻柔地爬窗而进，看窗台上的绿植在风中摇曳，倒映在客厅的地砖上，清清浅浅，如同流年的光影。

走到人生的初秋，当像秋天里的蓝天一样辽阔深远，从容豁达，成熟稳重。珍爱自己，照顾家人，收敛情感，修炼身心。这一刻，你是父母的支柱，你是孩子的避港湾。你的肩上有千钧重担，却要站如青松，坐如禅钟。

光阴一年年凉薄，容颜一点点苍老，内心一天天丰盈。岁月不饶人，我们也应不饶过岁月。时光虽无情，生活却有暖意。让我们心思澄明，活在当下，珍惜今朝。

## 过柴米油盐的日子

春天的早晨，阳光温和柔美，我送小女儿去幼儿园。沐浴在春日的清辉里，她突然说："妈妈，今天阳光明媚。"

是的，阳光明媚，多么安暖的字眼！绵绵春雨多日，连小孩子都懂得了阳光的可贵了。

有阳光的日子，人仿佛充满了力量，也不觉得去菜市场买菜是一件苦差事了。你想呀，踩着一路金黄的阳光，小碎步地跑进人潮涌动的菜市场，眼前琳琅满目的食品，接踵而至地诱惑着你，商贩的叫卖声，讨价还价的嘈杂声，温馨浓郁的生活气息扑面而来。这样美好而普通的日常，是家庭主妇每天生活动力的来源。

但是，不管天气好与坏，一日三餐，都是无法逃避的工作。每天总得奔向菜市场，左盼右顾，东挑西选，绞尽脑汁，寻寻觅觅。食材既要迎合家人的口味，还必须美味又营养，这或许也是家庭主妇每天必须面对的烦恼。

年轻的时候，对厨房之事不屑一顾，那时意气风发，一心想驰骋职场。女人，总是在有了自己的孩子之后，才会心生柔软，才会心甘情愿地面对锅碗瓢盆的烟火生活。小资情调再也不是生活的主色彩，过柴米油盐的寻常小日子，都是从孩子降临的那一刻拉开了序幕。

每一个女人，当你成为一名母亲之后，迟早都会成为一名厨娘，而且必须是出色的厨娘，唯有这样，你才会有成就感。当孩子们吃得津津有味，不断地夸赞你的厨艺，把餐桌的饭菜吃个精光，那种欣慰和满足，应该是金钱名利换不来的感受。因此，我们往往甘之若饴，乐此不疲地在厨房里忙碌着。这是生命构成的一部分，这一段人生历程，每一位母亲都要好好品尝。

柴米油盐的日子天天重复，诗与远方便越来越遥远。于是，苦恼来了，忧郁也来了。家庭主妇的工作，每天看似忙碌，却无法填充内心的空虚，又产生不了效益，没有成就的生活总让人有不踏实的感觉，仿佛在虚度光阴，让人感到一种存在的虚无。这种虚无感，或许是出于对自我成长的担忧、存在意义的思考；还有对时光流逝的无奈、生命燃烧的感伤。

这些感觉有时会让人喘不过气来，难怪许多全职妈妈，偶尔会情绪失控，因为我们容易在日复一日的家务中迷失了自我，找不到实现自我的出路和意义。

有一段时间，我曾经为此而感到孤独和痛苦，那也许是一段迷茫的日子，爱人温暖的话语，孩子可爱的笑容，也无法唤起我对生活的热情。就像诗人二冬说的：“有时候孤独不是因为人和关怀，而是因为生活和生命，亲人和爱人都填补不了这孤独。这孤独，是作为一个必须活着的生命在这个世界里的无奈和恐慌。”

我感觉自己像鲁滨逊一样，一个人荒凉地生活在孤岛之上，无助而悲寂。在忧郁和彷徨了两年之后，我开始学会在柴米油盐之余，面对现实，滋养心灵，而不再一味想逃离。

鲁滨逊为了摆脱一个人的孤独，开始修读《圣经》，从而拯救了他的灵魂。我却是因为选择阅读和文学创作，而使内心得到了平静。忙碌而充实的生活最幸福，因为那样才有存在感和价值感，可以对抗内心的孤独。

生活应该这样度过，一边烟火人生，一边诗意地栖居。心灵的安适是跟自己比，养花植草，修篱种菊，都是一种舒缓身心的方式。如果你注定要如此平庸地度过人生，那么请以一颗悲悯心，看这世间的人情冷暖；以柔软心，看繁花盛放，落英缤纷；以云水禅心，修心养性，知足常乐。

“昨夜西风凋碧树，独上高楼，望尽天涯路。”这是王国维大师所说的人生第一种境界，原来人需要在孤寂里才能获得深切的感悟。我没有鸿鹄之志，只愿于凡尘之中，心怀诗梦，自我修炼。山长水阔，想来也无须苦恼和纠结，活在当下，不忧未来，或许平凡的生活也能遇见鲜美的花。

有人说，一个人是否幸福，看看她的厨房就知道了。过柴米油盐的日子，便体现在这一日三餐，一饭一蔬之中。

厨房飘出的淡淡饭香，餐桌上热气腾腾的美味佳肴，家人之间荡漾的欢声笑语，这就是和满幸福的小日子，或许人生的意义仅此而已。

## 心怀暖阳，何惧风霜

一直以来，冬天给人的感觉是寒冷的、萧瑟的、阴沉的，是孟郊笔下的："天寒色青苍，北风叫枯桑。"然而，冬天也有暖意，因为有阳光。

寒冬的清晨，天空布满阴霾，深厚的云层冷藏了太阳，天地灰蒙，像一个睡眼蒙眬的孩子。东北风不停地在耳边呼啸，夹带着海水潮湿的冷气，吹在脸上湿寒冰冷。虽说岭南的冬天见不到大雪纷飞，但是，在寒冬腊月的季节里，没有阳光的冬天，也是寒风凛冽。这种湿冷，有时比北方的干冷更让人难受。

一直到了晌午时分，太阳终于穿越云层的重重包围，破云而出的那一刻，天地之间渐渐清明澄澈，世间万物开始焕发生机。太阳用犀利的光芒，驱散溃不成团的灰云，绽放出万丈霞光，从天空缓缓倾泻而下，柔和地抚摸着大地。如同一位慈祥的母亲，带着无限的爱意，微笑地爱抚着自己的孩子。

披着阳光的袈裟，人们仿佛穿上了无形的护身衣，身体立刻增加了能量和温度，再也不惧严厉的寒风，眉眼舒展，心情放晴。

白居易诗曰：“杲杲冬日光，明暖真可爱。”午后的暖阳爬窗而进，洒下满地金光，斑斓一片，屋里变得温暖如春。冬日的阳光和煦含蓄，丰盈抒情，它是长着脚的，在我不经意的时候，慢慢地爬到了我的身边，又渐渐地走远。

这样的午后，斜靠窗台，读一本好书，沏一杯茶，在茶香的氤氲里，和明媚的冬阳一起虚度光阴，温馨美好。

小时候的冬天，特别的寒冷，记忆中比现在的冬天要冷上好几倍。那时候没有厚厚的棉衣，即使穿上好几件衣服，依然手脚冰凉，上课的时候，小手僵硬得连笔都握不住。好不容易挨到下课铃声响起，马上跑出教室，一头扎进阳光里，让日光暖和我寒冷的身子。在冬天沐浴阳光，亲吻暖阳，这种体验是无比幸福的感觉。

那时候，我家门口从清晨到黄昏都有阳光照耀着。冬日里，奶奶喜欢在门前洗衣服，拣菜，晒背打盹。我则喜欢坐在暖暖的阳光底下绣花。奶奶经常把那些久远年代里泛黄的人生故事，掏出来在阳光下晾晒，有悲伤的，也有欢乐的，如同一首古老的歌谣，在寂静的岁月里流淌。

和奶奶相依为命的日子，和奶奶一起晒太阳的时光，恬淡而温暖，至今我依然记得那些冬天，阳光散落在我们身上的感觉和味道。

林清玄说：“阳光的味道最浓烈处就是这村庄的味道，乡情的味道，给予你身躯和血脉相牵的亲人的味道，是磨炼的味道，是人生的味道。”

奶奶喜欢晒被子，她总说：“阳光这么好，不利用可就浪费了，冬天的被褥需要经常晒晒，盖在身上才会暖和。”有太阳晒过的被子，味道清香，那是一种阳光特有的味道。冬日的夜晚，躲在又香又暖的被窝里睡觉，便会睡得沉醉香甜。冬天的衣服也是如此，有冬阳晒过的衣服，穿在身上，有阳光传递过来的温度和香气。

冬日里有了暖阳，我们便不再觉得寒冷，再大的寒风，也失去了威力；人生路上，即使遇到荆棘险阻，狂风暴雨，如若我们心怀暖阳，也会拥有自信，从容面对人生的深冬。

后来，我一个人漂泊异乡，外出求学和打工，那些孤寂艰辛的日子，是奶奶的爱一直陪伴着我，给了我无穷的力量，这份爱犹如冬日的暖阳，使我有勇气去拼搏和坚持。无助之时，我也坚信我的前方，一定会有暖阳等着我，唯有奋力向前奔跑，才能追上那束光，遇见那份暖。

我这样追着光，逐着暖，度过了好多个寒冬。那些暖暖的时光，在岁月的沙漏里，缓缓流逝，又被我悉数珍藏于心。

未来的岁月，我会珍惜每一个阳光普照的日子，珍惜身边的每一个人、每一份爱，心怀暖阳，砥砺前行。

## 疲惫的生活总要有一些温柔的梦想

不知不觉，日子又来到了年终岁末，一年的光阴行将结束。仿佛一眨眼的工夫，岁月溜得无影无踪。昨天细品的一杯茶，余味犹在唇间；喝过的一碗乌橄榄下白粥，心里仍还那么温热。回首来处，细数光阴，却是良辰久远，一切均不可复返。

这些年，我在微信公众号，时断时续地写了一些文章，为自己留下记忆中的故乡，还有生活里的一些所感所悟。这样一小块微小的江湖，记录的只是一些微不足道的情感和思绪，却得到了许多朋友的支持和鼓励，让我感激涕零。

作为一名全职妈妈，这几年我把宝贵的时光，都花在照顾孩子和家务之上，其实内心是非常焦虑的，这种焦灼感每天都在啃噬我的心灵，使我坐卧不安。

为了平衡这样一种无可奈何的生活状态，我开始构筑自己丰盈的精神世界，剔除生活里的琐碎和零乱。为一朵花，写一首诗；为眼前的自然景象，写一篇散文；在自己的心里，修篱种菊；在写作的路上，为思想修行和加油。

横亘在我面前的，是沉重的人生，脚步无力而彷徨，如若没有撬动自己灵魂的支点，这样的生活终将只是无望的人生。

23 岁那一年，我应聘到了一家大型的上市公司上班。为了这份工作，我拼尽了全力，把芳华岁月都奉献给了它。但是，其实我过得并不快乐，一直无法舒展心情。每天清晨醒来，一想到那无趣琐碎的工作，就令我忧伤。其实那是一份很不错的办公室工作，我始终不明白，为什么自己会过得那么不开心。

直到这些年开始写作，我终于明白，自己的兴趣爱好，原来并不在于职场之中。我并不擅长和喜欢职场中的人际往来和繁杂的事务，我整天疲于应付，弄得身心疲惫，却仍没有多大的进步，只是虚度了光阴。

原来，我的内心深处一直藏着一个文学梦，只是现实生活把其悄悄掩盖，或者说，我根本不敢去改变，为了生存而工作，仅此而已。

但是，人的一生其实具有无限的可能，你总该在糊口的同时，还得为自己寻找心灵深处潜藏和渴望的梦想，这样，你虽然还是过得疲惫不堪，却因为拥有那些温柔的梦想，而使日子变得熠熠生辉。

时光知味，岁月沉香。或许有一天，那丝微弱的梦想突然长出美丽的翅膀，开始带着你飞翔，将你带离那个使你整天闷闷不乐的环境，从此，你的梦想开了花，满园芬芳，花果飘香。

虽然，当我在厨房忙活的时候，依然会焦虑；或者为了赚钱而写那些我不喜欢的文字时，我仍心有不甘；书桌上想读的书堆成山，脑海里的灵感在不断涌现，而我却只能拿一把锅勺在炒菜；好不容易闲下来，那丝灵光乍现的灵感早已消失无影；椅子还没坐热，又得起身去学校接孩子了。如此种种，我是何等的苦恼啊！

我只能学会排解。生活的时候，好好生活；写作的时候，好好写作；看风景的时候，绝不一心二用；做饭的时候，一定要用心地做。

锅铲像一支笔，我用它在厨房里炒制美食；笔也像锅铲，我用它在纸上翻炒文字。美食是用食材加心情精制而成，可以温暖肠胃；美文是用文字和思想排列而出，可以温暖人心。两者形式不同，却有异曲同工之妙。

日子不可能满地是诗，生活也不可能了无情趣，这两者都是一种极端，都不是美好的人生。最好的生活，应像汪曾祺先生一样，读几行心仪的文字，逛逛菜市场，挑选鱼肉菜，洗菜切菜，淘米下锅，炒出一盘一盘精致好吃的美食。肚子填饱了，闲下来，喝杯茶，提笔构思，写成一篇一篇的美文。

日子里飘着烟火气，琐碎中提炼生活之美。在修行中过好日子，在生活里发现美好，这才是恰到好处的人生。

## 生命的意义

我不知道生命有什么意义，世间任何存在的事物，是否都有其命定的价值，如阳光、流水、空气，如凡尘俗世里的每一个人，独一无二，又无法挽留的生命。在那些存在的时光里，有什么神秘的力量，是我们所未知的，有什么样的意义，是我们毕生应该追求的。

于是，我向大自然寻找，追寻生命的根源和意义。

我来到了家乡的田野，青碧连天，风吹稻浪，起伏如涛，绿波粼粼。菜畦、果园、野草地，四处绿油油，晃眼的绿，柔软的绿。这是乡野一曲绿色的乐章，在风中吟唱，是生命在律动、在呐喊、在阳光下熠熠生辉。这些绿色的生命，生生不息，蕴藏着生活的酒酿，滋养大地，喂养人类。绿是它们的底色和意义。

我站在海边，久久地凝视着大海，它浩瀚广博，一望无际，翻滚奔涌，不停地流动，从不知疲倦。没有人知道，海水已经流动了多少年的时光，只知道在亿万年的光阴里，它一直亘古不变，与天地同在，与日月同存。它有海纳百川之胸怀，有搏击巨岩之骁勇，有亲吻夕阳之柔情，也有面对明月时的恬静。奔腾不息，就是海的灵魂和生命。

我看到了一朵花的开放，花瓣细嫩柔软，色彩明丽柔美。每一朵花，都如同仙女下凡，穿着百褶裙或凤尾裙，甚至是旗袍和叮当裙，散落在荒野、山坡、公园、小溪边，或者乡下人家的门前和屋后，把人间装扮得千娇百媚。无论花期长短，那绽放过程的美丽，便是它们实现自我的价值了。

我站在树下，仰望一棵树，一棵参天大树，它伟岸高大，枝繁叶茂，树干粗壮，根深深扎进了土地，却仍然孜孜不倦，心无旁骛，拼命生长，仿佛要穿越云端。一棵树木生长的意义，便在于这顶天立地的豪气。

我凝望一轮西斜的落日，它是一个圆而大的蛋黄，挂在天边辉耀大地。落日染红了云层，红霞渲染了天际，天地沐浴在色彩缤纷的霞光中，祥和而宁静。这一瞬间，惊艳了凡尘俗世；这一瞬间，有一种无言而静止的美。太阳的最后时光，却是它一天中最绚烂多彩的时刻。夕阳此刻的辉煌，成就了它永恒的意义。

我在夜深人静时，望着满天繁星，夜色中的苍穹，神秘而梦幻，只有星子在闪烁，好像离我们很遥远，又好像近在咫尺。夜朦胧，月半弯，星璀璨，像一颗颗明亮的钻石，缀满了星际。繁星点点，哪一颗才是您呢？数一颗星星，怀念着天上的亲人。我知道，每一颗耀眼的你，都是远离我们的亲人。

此刻，我手握素笔，已经泪流满面，眼前这一张洁白的纸啊！我如何才能涂上属于我的色彩呢？我是世间的一粒微尘，古往今来，在人类的历史长河中，我只是那万千生命中的一个，而我又是为何而存在呢？无语凝噎，此去经年，时光似流水，我珍惜了吗？人间的至情至爱，我懂了吗？书中有黄金屋，我读了吗？胸中有万马奔腾，我上马了吗？

如果已经在路上，便只能日夜兼程了，一路向前，不畏将来，不念过往。或许生命的意义就在于这一路上的风景吧！把它镌刻在心里，带上会思考的灵魂，把每一个日子都过得如诗，使每一个流年都充满欢喜，让空寂的人生化为永恒。

# 第四辑　离离草木香

# 穿行在草木的光阴里

我的姑妈自小生活于乡村贫穷之家，却因为喜欢读书，爱好文学，而拥有了一颗文艺心。她喜欢古典诗词，闲时吟诗作对，偶有佳作，自娱自乐。莳花弄草更是姑妈所迷恋之事。

我记得小时候，家里在半山腰新建了两间房子，姑妈一个人在那里绣花，养花种草，至今我仍依稀记得那一小片美丽的花海。

鲜艳的大黄菊，纯白如雪的白菊，还有素雅的紫菊，都那么养眼。姑妈种的芍药美如仙子，姿态俏丽，常引得路人驻足观赏，啧啧称叹。其他的还有玫瑰、千日红、金不换，等等。

诗文与花草，都足以使人沉迷其中，滋养心性，像身后的山野一样，内心变得强大；也与门前的花草一样，性格变得文静。那是一段沉淀的时光，陶冶了情操，喂养了灵魂。姑妈虽是一介村姑，却自有一股清气。

后来，姑妈出嫁了，家门口是一条不足两米的小路，屋前是房子，屋后还是房子，她被包围在水泥建筑之中，常常嗟叹。喜欢山野气息的姑妈宛如跌入了牢笼之中。

即使如此，姑妈却仍有办法与草木为伴。她把鱼塘边上的猪圈前面的一点空地围起来，种了几盆绿植，两棵黄皮树、一棵芙蓉树。

每当我去姑妈家里，她就让表妹带我去鱼塘边赏景。池水清澈，波光潋滟，水中倒映着蓝天白云，还有对岸挺拔的大榕树茂盛的枝叶。芙蓉树叶子婆娑，粉色花朵点缀于绿叶之间，枝干斜斜地伸向池面，也学蜻蜓试点水，“池边芙蓉开，花木相媚好”，也是一道美景了。

最吸引我们的是黄皮树，仅靠那么点泥土，却长得苍翠葱茏，每到开花的季节，招蜂引蝶的；果实成熟那会，场面很是壮观，树上挂满了一串串金豆似的果实，酸甜开胃，一吃起来就停不了嘴。

姑妈说池塘边的猪圈，是她的心中乐园。每逢心情愁闷之时，也就只有那么一个地方，可以让她喘气了。望天赏云，看无忧无虑的小鱼在水中荡起一圈圈褶皱，闻闻花香，看看绿树，听啁啾鸟鸣，心结随即自解了。人不都是这样的吗？只有沉浸在自己喜欢的事物里面，过得才像人的生活。

后来，姑妈干脆把猪圈给拆了，盖起了一间临水小屋，围上栏杆，养一缸荷，种几盆小花，夏夜送凉风，凭栏赏秋月。我去的时候，碧绿的荷叶中央，正擎起一朵粉色荷花，只有一朵，胜却满池红莲。

绿油油的田野，也是姑妈最喜欢去的地方。她说只要双脚站在泥土里，望着眼前的植物王国，一颗心自然就舒展了。姑妈的菜畦品类丰富，夏季全是瓜：黄瓜、南瓜、冬瓜、丝瓜等。我喜欢吃她种的南瓜，甜糯，入口即化，可煮甜汤，也可清炒。冬天是绿叶菜：芥蓝、油菜、空心菜、茼蒿、秋葵等。我第一次吃的秋葵，就在姑妈家里，姑丈炒的秋葵，只是放了一点蒜泥而已，却好吃得很。

姑妈经常给我捎来她自种的菜蔬，刚摘下来新鲜的菜就是不一样，放置在厨房通风的地方，三天依然那么鲜绿。有时找不到人可捎，她就寄了快递。红薯、南瓜、西红柿和青菜，都是那么重，光快递费都花去好多钱。我说这里菜市什么都有，她却说：“哪会一样呢？”果然不一样，南瓜我放了一个多月，还好好的。

许多植物是有药用价值的，村人懂得，姑妈也懂。比如蛇舌草有清热解毒之功效，夏天暑热之时宜煮水喝；车前草和猫毛草都有清热利尿的功效，两者搭配可治尿频尿急之症；普通的伤风感冒，她常用夏枯草、柴胡、紫苏等好几种植物一起煮水，喝个两大碗，药到病也除了。

这些植物都是姑妈在田地里采摘来的，晒干后收藏起来，以备不时之需。她还特地买了一本植物图谱的书籍，里面详述了粤东地区的各种植物，配了图片和说明，可见姑妈有学习钻研之精神。

听说葛根是一种对人体很好的药材，于是她又种起了葛根。第一年就大获丰收，煮糖水喝，煲骨头汤，都好喝。还费了许多工夫，磨成了葛根粉，分给了所有亲戚，我们真是有口福了。

百日姜也是一种好东西，姑妈送给我时，郑重其事地一再强调，这不是普通的姜，是她自制的百日姜。必须在五月端午节那天，把生姜清洗干净，置于屋顶曝晒，足足晒够100天，不多也不少，任其风吹雨淋都不要管它。已经晒好的百日姜，放多久也不会变质。她说百日姜有去风火，治疗头痛感冒等功效，效果甚好。我试了好多回，确如姑妈所言。

她还有一种自制的药酒，可治筋骨伤痛。这是她在山野寻找的一种蕨类植物，用白酒浸泡一年以上即有药效。这种植物不好找，每次要漫山遍野地翻找，得花好多时间和精力。好的药材，一般都藏在深山里的。

现在，姑妈的年纪大了，菜也种得少了。但她仍然喜欢在傍晚时分，跑到田地里闲逛。她说一个人面对广阔的乡野，心绪安宁，仿佛吃了忘忧草了。有时，她还光着脚丫到地里走走，散步一个多小时回来，晚饭也吃得香了。

草木是姑妈的良师益友，多年以来，她穿行于草木的光阴里，像草木一样生活，随性，洒脱，坚韧，乐观，无惧风雨。

## 一抹绿里的风景和希望

在楼下散步之时，望着眼前绿树成荫，鸟语花香，一丝幸福感油然而生。虽然这只是一个普通的住宅小区，但只要有干净的小路，有绿叶养眼，有花儿入心，有鸟声入耳，于我而言，即感知足了。

刚出来打工那会，我曾经住在一座三层楼民房的一个杂物间里，那房间小到仅能放下容身的小床，一张小圆桌，便没有了一点空间。我做任何事情都得在床上进行，包括读书、写字、喝水。

狭小的空间，逼仄的环境，孤独的生活，经常让我产生深深的虚无感。我只好通过读书排解苦闷。但是，后来我发现读书也无法解除我的烦恼，一想到眼前居无定所的打工生活，还有无法预知的未来，一颗心便无法安静下来。

墙上有一幅画，一望无际的大海，红霞漫天飞舞，一轮鲜红的落日垂挂海面。我经常面对这幅画发呆，那种迟暮的感觉，让我忧伤得想落泪。黄昏之时，下班回到宿舍，无助和孤独感席卷而来，常常让我陷入崩溃的边缘。

有一天，我爬到三楼的天台，发现那里居然有好几盆绿植，应该是民房的业主遗弃在天台的。绿植无人打理，泥土干涸，绿叶稀疏寂寥。其中有一盆茉莉花，枝头上缀着几朵洁白的花朵，有淡淡的清香飘来，我惊喜。茉莉花一直是我喜欢的植物之一，这些花草使我精神开始振奋，心情也放松下来。

我的家乡到处是青山绿水，百草丰盛，而城市的绿叶鲜花，却是稀缺之物。于是，我每天晚上，都跑到天台看望那些植物，嗅嗅花香，仰望苍穹，沐浴夜色，听风赏月。

这片只有我一个人的空间，这些充满山野气息的绿色植物，使我在寂寥孤独之时获得了心灵的安宁，在狭窄的空间里得到了喘息。我告诉自己，眼前虽然苟且，明天也许会好起来的。

后来，我换了工作，租了另一套民房的单间，约有十平方米，装修得极好，有漂亮的红地砖，还有宽大的窗台和美丽的窗帘。我买了一整套床上用品，一张梳妆台，把房间装扮得温馨舒适。

我在窗台上种植了万年青、茉莉花等盆栽，还买了野姜花，养在花瓶中。野姜花有一股独特的味道，使人神清气爽，悠悠清香弥漫在空气中，给房间增添了诗意的美好，使我有了家的感觉。

那些日子，我经常坐在窗台上，在茉莉花旁读书至深夜，累了，闻一闻花香；疲了，望着隔壁的服装加工作坊。那里有一群二十岁左右的男孩和女孩正在上夜班。她们几乎常常加班，要到晚上十点以后才能结束一天的工作，然后聚在一起吃夜宵、聊天，甚至打情骂俏。

我为她们感到悲哀，这些年轻的孩子，心灵得不到滋养，把最好的青春年华都投入在流水线上，也许就早早结婚生子，过着一辈子能望到头的生活。

相比之下，我还是相对幸运的，虽然工作并不稳定，但暂时拥有自己的个人空间，有鲜花绿草陪伴，随时可以读书写字，还有梦想和追求。

再后来，我租到了一座旧式小区里的两居室房子。虽然小区比较陈旧，但是楼下有花圃，有自然生长的花草树木。夏天的傍晚，下班回来，一进入小区即能闻到植物经过阳光一天的曝晒，散发而出的草香气息，那是植物特有的味道，清新而醉人。

冬天的季节，万木萧瑟，而紫荆树却繁盛苍郁，绿波荡漾，从楼上往下俯视，一条绿道铺在眼前，蜿蜒地向前延伸，那一抹绿呀，养了眼，也养了心。紫荆花挂满了枝头，如一只只紫红色的蝴蝶在空中飞舞，一场冬雨过后，地上残红无数，这样的景致也是一种忧伤的美。

我经常在楼下散步，欣赏被夜色披上朦胧袈裟的花草，那曼妙的风景和感官享受，至今仍不能忘怀。由此可见，植物是可以滋养心灵的。那段时间，工作虽然忙碌枯燥，前景依然让人感伤，但这片绿意葱茏的风景，却成了舒缓身心的好地方。

我现在居住的小区，以白兰树和龙牙树居多。白兰花的花期在夏季，龙牙花却于秋天绽放，满树怒放，茂盛的枝叶，状似龙牙的娇艳红花，吸引了无数鸟儿整天在树上歌唱。每天欣赏这样的美景，听着悦耳的鸟鸣，这生活便如花儿一样，变得绚烂多彩了。

我现在已经无法想象，如果没有植物的陪伴，这生活该是多么寂寞和无趣，哪怕只是一抹绿，日子也变得灵动而多姿了。

## 一棵春天里的树

每一天，我都必须经过楼下的这棵黄葛树，我无意间目睹了树叶从萌芽，到变成一片绿叶的整个过程，每一次的变化都震撼着我的心灵：原来，这就是春天的秘密。

当我在初春注意到它的时候，它满树枯枝，树上残存着稀疏的黄叶。南方的深秋和暖冬，并没有完全带走这一树的枯叶，有的还在努力坚守，虽然已经春回大地，虽然已经容颜褐黄，却仍恋恋不舍，不愿回归尘土。

连续的几场春雨，黄葛树终于抖落了身上所有的枯叶，只剩下一根根赤裸干枯的树枝，张牙舞爪的样子，让人心疼，没有了美丽的衣裳，一棵树便没有了生机。

有一天，当我再次经过黄葛树下，却惊喜地发现，那些干枯斑驳的树枝上，竟然长出了许多幼小柔嫩的红褐色幼芽。不久之后，这些幼芽渐渐张开，化为一片片小绿叶，细小柔软，鲜绿可爱。那一刻，我的心深深地被敲击，我真切地感受到了，一股源自生命深处的力量，正在无声之中蓬勃滋长。

一天、两天、三天……，黄葛树的小绿叶不断探头而出，密密麻麻，披满了所有的树枝。在春风温暖的吹拂下，幼叶渐渐伸长，由浅绿，转为淡绿，继而变得翠绿，甚至浓绿，每一天，都在加速地变化。直至有一天，绿叶完全覆盖了所有的树枝，满树绿油油，青翠欲滴，葳蕤生光。

当我站在树下，见到这满树的鲜绿，美得让人心波荡漾，这一身的绿衣裳，多么丰盈饱满而清鲜。它们在春雨的滋润下，茁壮成长，鲜嫩如婴儿的皮肤；每一片树叶都薄如蝉翼，绿如碧玉，在阳光的穿透下，我能清晰地看到每一片绿叶的脉络。

这是生命成长的脉络，是春天的进行曲，也是春天赋予大地的华美乐章。“绿树始摇芳，芳生非一叶。一叶度春风，芳芳自相接”。

千万年来，一棵树都是这样成长的，一片树叶也是这样由小变大，由浅绿变成墨绿，直至最后的黄落成泥。在一片树叶的变化轮回里，一棵树一年一年地生长，终于变成一棵伟岸的大树，无私地给我们撑起了一片阴凉的天地。

天地有大美，世间的植物也是如此，它们在广袤的大地上，从容而坚强地生长着，随四季的自然规律，快乐地完成自身的生命历程和价值。

每一棵树看起来似乎都平淡无奇，却悄悄地装饰了大地。绿叶给我们养眼，花朵给我们养心，果实给我们解渴。它给予人类的很多很多，却一点也不求回报。它只需要雨露和阳光，只需要我们给予它一片肥沃的土壤，只要求我们不要随便砍伐，只要求我们珍惜于它，它便会拼命地生长，长出丰茂碧绿的叶子，长出清雅绝尘的花儿，长出甜美多汁的水果。

我真正地了解春天了，我用一双眼，一颗心，深刻地记录下一棵树木，在这个春天里的所有变化。原来，每一年的春天，它都是这样度过的，只是，我从来不曾用心去感受而已，我忽略了这人间寻常之美，我错误地以为，一棵树的生长，与人类无关。

“庭中有奇树，绿叶发华滋。”

就让我们和一棵树，深情对望，在这美好的世间。

# 陌上花正开

陌上正花开，梁间紫燕来。东风吹万物，春雨洗尘埃。

经过一个寒冷的冬天，当蜡梅还在枝头怒放的时候，春天的脚步也终于姗姗而来，柔情款款，婀娜多姿。入夜，一丝暖风翻越了千山万水，把熟睡的你轻轻地唤醒，你踱步阳台，玉兰开始含苞，黄玫瑰已经在风中摇曳，寂静的夜笼罩在薄薄的青纱帐里，梦幻而迷离。微风吹拂，有些许寒意，但已经没有冬天那冰冷的感觉。你轻轻地说了一声：春天，你好!

清晨，小鸟们一早便在枝头嬉闹，清脆而欢快。这才发现树下的小草突然茂盛起来，似乎一夜之间，埋在深冬里的那抹春色开始破土而出，慢慢弥漫，大地逐渐恢复生机，春意荡漾在空气里。

春天在哪里呢?

你走进了山林间去寻找，沿着幽静曲折的山路，踽踽而行，只听莺歌燕语，眼前芳草如茵、生机勃勃。立于树木之下，山风阵阵，寒意料峭。三步并成两步，沿着山阶登到山顶，不禁眼前一亮，桃红李白，陌上尽染，桃林深处果然春光无限，顿时寒意尽消。粉红的，梅红的桃花一簇簇在枝头灿烂绽放，笑意盎然，妩媚娇艳，如同二八少女青春靓丽。人面桃花相映红，左瞧瞧，右看看，沉醉在桃花丛中。

白色李花虽没有桃花鲜艳，却铺天盖地，满树怒放，白花花一大片，繁茂张扬，如同雪压枝条，清新素雅，让人错觉此刻正处于北方深冬的季节里。不远处，杜鹃花、山茶花、桂花，虽数量不多，却风姿绰约。这关不住的春色呀，让人喜上眉梢。

寻春，你欣然地走进田野，虽然野草杂乱无章，而野花则芳影萋萋，只有风铃花，小白菊，蒲公英，狗尾巴花向你招手致意。越过一座小山坡，是一片人工种植的花海，让人眼花缭乱，春色昭然若揭。玫瑰花，金盏菊，格桑花，郁金香……甚至还有樱花，第一次站在樱花树下，你的眼角湿润了，红白相间，清秀婉丽，这象征着爱情和希望之花，果然与众不同，望一眼都觉得浪漫。沟壑两旁，翠柳飞舞，随春风扭动腰肢，你静静地晒着暖阳，感受“吹面不寒杨柳风”的诗情画意。

天气说变就变，第一场春雨毫无预兆地来了，轻轻地飘了一整天，似银针，如丝线，斜风细雨，洒在脸上，有丝丝的冰凉。春雨贵如油，田野里的青草树木开始欣喜地沐浴在雨中，如饮甘露，站在田野边，你的心早已溶入这春雨里。

春回大地，带来新的希望，新的轮回。你以虔诚之心，在佛前叩拜，怀着尊敬和感恩之心祈祷，上报四重恩，下济三途苦。尽此一报身，同生极乐国。木鱼声声，梵音幽幽，一听一菩提，一悟一世界，内心通透澄明，杂草便无法在心灵生根发芽。

原来，春天在青翠的山涧边，在桃蹊柳陌上，在乡村田野间，在阳光下的沙滩上，在丝丝的春雨里，在寺庙佛前的一声声祈福声中，在书香浸润的希望里。

一叶一繁华，一花一春天，在一朵花的世界里拥抱春天，在一声美好的祝福中瞻望未来。愿岁月静好，时光不老，彼此静欢，安好。

## 你是人间第一花

每年的每年，我都想和你相遇，相遇在冰天雪地的世界里。那时的你含苞待放，傲立风霜，迎雪含笑，凌寒飘香。那时的你初绽英姿，惊艳了流年，感动了天地；那时的你是白雪皑皑中的一点红，是墙角边的一朵孤影，是苍茫大地上的一抹暗香；那时的你是文人墨客笔下的铮铮铁骨，是画家白色宣纸上的点点墨韵。

万物凋零，唯你独在。世无知己，是这样的落寞，这样的清高，又如此的清逸幽雅。冬天里最美的风景，便是你的娇影和自强不息的花魂。

每回的每回，我都想和你重逢，重逢在早春微寒的气息里。暖暖的阳光下，你正绚烂地绽放，不同桃李争艳，不与樱花比美。红色的、粉色的、白色的，黄色的身姿在寒风中昂首致意，素雅又娴静。丝丝淡淡的幽香随风飘散，如同深藏的酒窖，慢慢地弥漫。“淡淡梅花香欲染，疏是枝条艳是花”。花是俏丽的，但不妩媚；香是清淡的，但不浓烈。一切都恰到好处，多一分俗了，少一分又不及。最好的岁月便是在春光里和你畅饮，在你的芬芳里永远沉醉。

走过寒冬，历经风霜，你是春天的使者，冬去春来的象征。“不经一番寒彻骨，怎得梅花扑鼻香”。终于等到繁花逗暖，春意盎然，你在枝头笑春风。疏影起舞，你便是春日里的粉蝶翩跹！砥砺前行的岁月里，你是佛音，是灯塔，给人希望和力量。

每天的每天，我都想和你相随，相随在月上梢头的黄昏后。苍劲有力的树枝，疏疏淡淡的花萼，在黄昏里傲然独放。我漫步在梅林小径上，秀水荷塘畔，你清浅的身影在月光下婆娑，清寒的夜色中，你空灵秀美。幽径独自芳，香在无寻处。我们默默地对视，我说你听，你语我笑，在夜晚和你对话，我更懂你的高冷，更懂你的孤寂。

每次的每次，我都想和你相约，相约在落红缤纷的季节里。繁华落尽，终有一别。当百花齐放的时候，你却要挥别春天，化蝶为海，葬身为泥。暖风吹拂，你轻舞飞扬，纷纷洒洒，扑向大地的怀抱。如同长大的孩子，告别父母奔赴远方，义无反顾，决绝而坚定。像完成一场神圣的使命似的，最终零落成泥碾作尘，只有香如故，留下清秀古朴的疏枝笑看人间。你用你的芳香滋养着大地，守护着你的根，一刻也不分离，直到下一个轮回，在雪花又开始飞舞的季节里，再一次重返人间。如此荡气回肠，令人惊叹！

以前的以前，年少的我只欣赏你的美，只闻你的香，却一点也不懂你的魂。如今，你轻轻被风雨打落，每一片坠地之声都是我心里的痛。你许我三生三世，我愿守着你每一个黄昏后的落寞。

现在的现在，我终于明白你五片花瓣的深刻含义：那是五福的象征：快乐、幸福、长寿、顺利、和平。分别都象征着吉祥。你在，便是幸福；你在，便有祥瑞。

以后的以后，我还要继续寻你。你在故乡的山上，那朵朵白花，渲染过山麓，为我们献上颗颗青梅；你在如画的江南，如婉约的女子，闪烁过多少双爱你的双眼；你在千里冰封的北国，不卑不亢，坚忍不拔，温暖过多少颗寒冷的心灵。

一梅一清香，一香一芳菲。高洁如你，坚强如你，洗尽铅华，只留清气满乾坤。唱一首红梅赞，谱一曲梅花颂，你是我们炎黄子孙的中华魂！

## 把春天种在阳台

我想这世间应该没有一个女子，是不喜欢花草的吧。在家里种植自己喜欢的草木，让植物装饰自己的家居，使家里洋溢着甜润的绿意，大自然的气息在房间缓缓流动，养眼又悦心，家顿时变得清新、雅致。

绿叶在风中摇曳，花儿在枝头上娇滴滴地晃着，在你抬头之间，转身之际，不经意地跳入眼帘，心里不禁充盈了美好的感动。这人间的草木，最能润泽人心，使心变得柔软、素淡、向美。

我从小喜欢花草树木，无论是山野的松竹，还是田间的小草，只要是鲜活的植物，都入心入怀，见之欢喜。最喜春深之时，万物丰茂，百花齐放，与喜欢的花草们欣喜相逢。

我的阳台里种植了许多花草，初春之时，最早开放的是海棠花，这盆海棠花至今有 10 年了，它是春天的使者，一接到春的消息，便次第开放，年年如此，朝朝相陪，颜色红艳，花形奇特，娇小俏丽，像极了小女孩粉嫩的小脸蛋，非常赏心悦目。

兰花，空谷幽兰，世人独爱其雅，赞其高洁。兰花的品种非常多，我不精通于养兰，只是去年买了一盆常见的蝴蝶兰，妖娆多姿，色彩绚丽，有素雅的紫色，还有柔媚的粉色，绚烂了一整个春天，凋谢之时我还惋惜了好一阵子。

于是，将蝴蝶兰从客厅移到阳台向阳之处，每天洒水照顾。年初，小花苞一个接一个地长，不久之后，蝴蝶兰一朵接一朵地争相绽放，压弯了柔软的枝条，仿佛一只只彩蝶在空中飞舞，让人惊喜又愉悦。兰花确是花中之尤物，美得不可方言。

谷雨那一天，阳台的朱顶红居然开了好几朵，最近看它的花梗不断拔高，原来呀，它的花箭向上射出之时，也是朱顶红即将绽放之际。它的花朵鲜艳如血，如同大喇叭，朝着天空放声高歌，样子可爱俏皮。

朱顶红的花语是渴望被爱，难怪红得如此热烈。段志锋的《朱顶红》这样描写："蓬勃向上绽红花，碧绿丛中映赤葩。剑叶如刀彰色翠，葱葱郁郁满山涯。"

我和女儿都喜欢桂花，桂花飘香的季节，我们经常在小区楼下的桂花丛中欣赏。女儿提议，还不如在自家阳台养一盆呢！于是我特地去逛花市，买回了一盆四季桂，据说一年四季都能开花。年前买来之时，满树都是桂花，香气浓郁，年后全都凋谢了。

前几天，我发现桂花的枝头又陆续绽放出淡黄色的小花朵，小米粒一般大小，香气四溢，伴随春风，隐约地荡漾在空气之中。在阳台晾衣服之时，暖风中飘来阵阵甜香，丝丝入心，好不醉人，这夜晚的味道顷刻有些不一样，仿佛有诗意在静静地流淌，在花香里心情也如涂了蜜般甜起来。

栀子花是我亲手栽下的，去年一整个夏天，只开了一朵又白又大的栀子花，然后开始静默，仿佛罢工了，再也没见个影。

花盆里三天两头长出许多三叶草，我担心三叶草过于茂盛，栀子花得不到养分，影响了它的生长，于是，经常清理。可是除之又长，直到冬天，才完全消灭。

最近，在栀子花的花盆里，酢浆草一撮撮地开放，也不知道这些花籽是从哪儿来的，是小鸟衔来的吗？是风儿吹来的吗？总之，它们悄悄地在我的阳台里安家落户。这些粉嫩的紫红色小花，那么柔美，朵朵向阳而生，朝着阳光的方向尽情地舒展，真的不忍心下手拔除，只能任其自由了，就让它和栀子花共处一室吧。

酢浆草和三叶草外形相似，但其实不属于同一种植物。相信每一个乡下的孩子都见过酢浆草，它是田野中最常见的植物。我已经不记得小时候吃过多少酢浆草了，在田间游玩之时，只要碰到酢浆草，总喜欢拔出来，直接吃它的茎叶，酸酸的，很是解渴。

阳台上的粉色长寿花也开了，虽然花朵小，但模样也是美的，于是，我又买了一盆橙黄色的和它作陪。

白兰花悄悄在角落里结苞，长春花和朱槿花却静如处子，在这个春天，它们一直绿意葱茏，安静地做自己，只等着花期一到，突如其来地给我来个惊喜。

每天安静地给这些植物洒水，看着水珠从每一片绿叶上滚落、在每一花朵之间闪亮，心情也如同这些水珠一样澄清了。小小的阳台，因为这些可爱的花草树木，俨然成了一个乐园。我便在这方寸之间，足不出户，却欣赏着春天里最美的景色。

## 一条春天的路

我的婆婆住在达濠古城，房子的前面是濠江海湾，蓝天碧水，波光潋滟，红头船来回穿梭，颇有古意。楼下的滨海长廊，凉风习习，是人们散步赏景的好去处。

这个春天，长廊小路的旖旎春色，带给我们许多乐趣和心灵慰藉。晒晒春阳，欣赏花草，遥望海景，给当下寂寥的生活增添了诗情画意。

灰色砖和红色砖块铺成的小路，本来是那么普通无奇。然而，砖块之间细缝里的沙土，却使一条毫无美感的小路，变成了一条草绿花绽的春天之路。

土壤是一切植物的母亲，是它们生长的载体。砖缝中的沙土成了由鸟儿和风儿带来的种子的生长乐园，一百多米远的小路，生长着几十种植物。

它们不顾人们的践踏，不管土壤的贫瘠，自由而任性地一味生长。它们是野性的，霸道的，坚韧得让人惊叹。能长一寸是一寸，长不了的，被踩成一个小草头也照样存活。姿态低到尘埃，散发出生机勃发的强悍生命力。

其中，生命力最旺盛的当属牛筋草。这种野草颜色浓绿，山坡和田垄常见。小时候，乡下的老黄牛最喜欢吃牛筋草，草质柔软，是一种天然的饲料。它们在小路砖缝的沙砾中，绿意盈盈地迎向蔚蓝的天际，在春风中欣欣向荣。被人踩压之后，又挺立身姿，继续向路人点头微笑。

备受潮汕人喜爱的鼠壳草，三五成群，在小路上随处可见。这是一种野菜，又名鼠曲草。在粤东地区，过年祭祖拜节必备的小吃鼠壳粿，就是用这种野菜制作而成的。我国有些地区，称它为清明草。清明时节采摘后和糯米粉混合搅拌制作成青团，据说很好吃。我想那滋味应该和我们潮汕的鼠壳粿一样，有相同的野菜清香吧。于我来讲，它们是那么的亲切，相见之时，如遇故友。

一株紫茉莉亭亭玉立，也叫晚饭花，煮饭花，胭脂花。前二者充满了浓郁的生活味，后者则多了一丝妩媚。想着古时的女子，若是在晚间采摘新鲜紫茉莉花瓣，揉碎后制成胭脂，涂于脸上，粉腮泛红，灯影照射之下，定是顾盼生辉了。

台湾作家林清玄写过一篇文章《紫茉莉》，童年时他不懂为什么紫茉莉被称为煮饭花，因此咨询母亲，他的母亲说："煮饭花是一个好玩的孩子，玩到黑夜迷了路变成的，它要告诉你们这些野孩子，不要玩到天黑才回家。"

但他不相信，认为是美丽的黄昏吸引了紫茉莉，它们才选择在夕辉徐徐落幕的时分，在农家袅袅炊烟冉冉升起之际，睁开双眼，迎接黄昏下的晚霞。

但现如今的紫茉莉确实有些迷糊了，我经常发现它们不定时地开放，是否与我们现代人一样，偶尔遗忘了日出而作，日落而息的自然规律了。

遇见几株酢浆草，开黄色小花，春阳辉映之下明艳夺目。无论是红花酢浆草，还是黄花酢浆草，颜色都那么纯正，桃粉的粉，鹅黄的黄，配上绿得恰到好处的小叶儿，水灵灵的清秀。东边一小撮，西边二三株，在小路旁边稀稀疏疏地分布着。

我一直想，究竟是谁第一个发现酢浆草的茎是可以吃的呢？也许是采摘草药的郎中，或是乡野的放牛娃，还是田间干活的农夫。不管如何，酢浆草酸酸溜溜可以生吃，却是每一个乡间孩子都知道的事，小时候我经常吃，那种酸呀，仍留存于唇舌之间。

知风草，乡野特别多，这条春天的路上，也能发现它曼妙的小身姿。它是风儿的小信使，一点小微风它都能感知，轻轻的，飘逸的，细细的茎，长长的绿叶儿，星星点点的小穗，在风里尽情舞蹈。我想眼前如果生长着一整片知风草，那种起伏的美，如同麦浪一般浪漫，定是一道只可意会，不可言说的美景了。

发现一种我熟悉的草本植物叶下红，学名一点红，童年在乡下的山野很是常见。长长直立的茎，举着一个深绿色苞片，上面点缀着一小朵紫红色小花。顾名思义，翠绿茎叶之中一点红，袅袅娜娜的，是野草丛中的花仙子。叶下红是一种有药用价值的植物，嫩叶可吃，有茼蒿的味道，整株可入药。记得儿时，炎热的夏天，奶奶给我们煮青草水解暑，就有叶下红这一植物。我仔细一瞧，果真，叶片的下方泛着紫红。

狗尾草，乡间最是常见，现在也已经扎根于城市，应该说有泥土的地方，就有狗尾草，它们太容易活了。我曾经在家乡的鱼塘旁，见过成片的狗尾草，长长的小尾巴在风中一摇一甩的，和波光盈盈的池水交相辉映，那姿态一点也不亚于轻盈摇曳的芒花。

其实，我经常遇见的是已经老态龙钟的，快被风干的狗尾草，但这条小路上的狗尾草，却是这个春天里初长的嫩草，青绿色的小穗像毛茸茸的小狗尾，模样憨态可掬，绿得莹润秀气。一棵狗尾草可以长出无数条小绿穗，从贴着地面的根部袅袅婷婷地伸向四周。每个小孩遇见这样可爱的绿色小尾巴，都会好奇地停下来抚摸一阵，着实有趣，忍不住拔了几根下来，拿在手上当成宝贝玩耍了。

马缨丹更是一种随处可见的野草，它虽也是不受农人喜欢的霸道入侵植物，但开出的花实在美丽。一圈黄色小花朵环绕着三两朵红花，或是粉花朵簇拥着黄花朵，有的干脆五颜六色全上了，艳丽得很。但我最喜欢的是紫花朵，我总觉得，但凡一切的紫色花，都那么雅致，如不食人间烟火的仙女，那种素雅净的美，不落一点尘世俗气。

小时候，我家后山上的马缨丹非常多，但我们一直称它为“牛屎花”。那时，我的身上偶尔长湿疹，奶奶用马缨丹的叶梗煲水给我洗澡，效果蛮好的。马缨丹的身上有一股怪异的味道，大概就是这股牛屎一样的味道吧，才有了“牛屎花”的绰号。

一棵小而美的黄葛树，从靠海的栏杆下的墙缝里，斜斜生长而出。枝条纤细，初绽的嫩叶呈棕红色。在斜阳的余晖里，金光闪烁的海面衬托下，随海风轻轻摇晃，显得柔美而富有诗情。黄葛树是一种粗壮的大树，高可达十多米，这棵可爱的小黄葛树，那么眷恋海洋，偏偏选择在这不适合的地方生长，只为能沐浴海风，与碧绿的海水隔空相望，哪怕成不了一棵高大的树木，也是无所谓了。

龙葵开小白花，结绿色小果实，成熟后变成黑紫色。在小路偶遇它时，一眼就被我认出这个老朋友。小时候，乡野小径常见，果实像缩小版的葡萄。我经常犹豫要不要吃，但理智还是告诉我，野生的果子最好不要吃。其实，成熟的龙葵果是可以吃的，还有一定的药用功效。不过，任何野草，大多生性寒凉，多吃也是无益的。

钻叶紫菀，这样的名字，仿佛从诗经里走出来的女子一样优雅，然而它不是人名，而是一种植物的名字。钻叶紫菀，叶子长得碧绿清秀，可直接清炒，有清热解毒之功效，饥荒年代，它的叶子和茎都是备受农人欢迎的野菜。据说它还有两个别名，青苑和紫倩，同样风雅得很。

向前走几步，又发现一株霍香蓟，这种植物我并不陌生。曾经在一个花圃发现了一片人工种植的霍香蓟，开淡雅的蓝紫花，曼妙得令人惊艳。没想到这条沙土稀缺的小路，居然也能生长，还开出小花苞，着实不可思议。只是有点可惜了，这么文艺的花草，长于路旁，也只能成为野草了。

鬼针草，它太普遍了，简直是无孔不入。小时候，每逢从山野下来，衣裤上必定沾了它的毛刺，这种防不胜防的武器，一不小心就中招了。不过，鬼针草也是一味常用的草药，有很高的药用价值，基于这点，我们应当原谅它生长的霸道。而且，它开黄花和白花，在路旁蔓延时，也是一道独特的风景。

蒺藜草，我与它第一次见面，就被它奇特的小穗上的刺苞给吸引了。想来它也跟鬼针草一样，生长于乡野间，默默长叶和开花，伺机而动，但凡人类或者动物经过它的身旁，便发出独门暗器，伤人于无形。

看到一株小黄鹌菜，长相普通，不惹人眼。据说这种野草，开黄色小菊花，也叫“黄瓜花”。明朝的植物学专著《救荒本草》中曾记录过黄鹌菜，说它是救饥草。想来与其他野菜一样，在饥荒年代，曾犒劳过劳动人民的肠胃。李端有诗《雨后游辋川》：“骤雨归山尽，颓阳入辋川。看虹登晚墅，踏石过青泉。紫葛藏仙井，黄花出野田。自知无路去，回步就人烟。”

路旁还发现了两株马齿苋，这是野菜中的黄金菜，也是田间常见的野菜。然而，在我们潮汕，就算物质不丰富的七八十年代，也没有吃野菜的习惯。想来粤东物产丰富，土壤温润，适合农作物生长，日常的瓜果菜蔬已经够吃，根本无须挖野菜。因此，什么荠菜、马兰头、马齿苋等，我们的儿时都没吃过。

马齿苋是汪曾祺先生念念不忘的野味，在《故乡的食物》一文中，曾经这样描述过：“我们祖母每每夏天摘肥嫩的马齿苋晾干，过年时作馅包包子。她是吃长斋的，这种包子只有她一个人吃。我有时从她的盘子里拿一个，蘸了香油吃，挺香。马齿苋有点淡淡的酸味。”

第一次见到瓶尔小草，顿时两眼发光。多么奇怪的一种小草，直立的根茎，全株只有一片叶子，还有一根柱状的孢子囊穗，仿佛剑指蓝天。碧绿的叶子如同一面盾，鲜绿的孢子穗就是一把剑，难怪它还拥有这些名字：独叶一支枪、茅盾草、一支箭。细察之，发现这把剑还有些特别，表面粗糙，有纹路，类似蛇头，因此也叫蛇须草。

雀稗草，普通的一种小草，牛最喜欢吃的一种野草，田野常见。小路上散落地生长了几株，我喜欢它长长的小穗。应该是哪一只小鸟，把它的种子带到了这条滨海长廊，让它于此落地生根。

世间之物，均如浮萍，四处飘荡，所到之处，随遇即安。今日郁郁葱葱，明朝枯枝败叶。沧桑轮回之间，落地生根之际，即是安稳的现世。

一边遥望海景，一边路旁寻觅，还被我发现了一棵小桑葚树，两棵小榕树，还有一棵小香樟树，其他小草更是数不胜数。真没想到，砖缝之间的泥沙竟能滋养出这么多的野花小草，渐渐地，蔓延成春天里一条蓬勃生发之路。

它们努力而顽强地在身下的细微泥沙中扎根，默默生长，不言不语，却吸引了一批终日辛劳奔忙的小蚂蚁，前来觅食的小蜜蜂，偶尔低飞盘旋的三两只小蝴蝶，突然飞掠而过的一两只小翠鸟。

可惜泥沙有限，无法提供更多营养承载它们的枝干，暮春已逝，夏日的艳阳会把它们燃烧殆尽，然而，明年的春天，这里依然会还原成一条春天的路，春草依然欣荣。

## 白兰花的香，玉兰花的雅

我居住的小区有许多白兰花，每当初夏之时，乳白色的冠形花朵，依次绽放，空气之中弥漫着一股清甜的香味，淡淡的，幽幽的，似有若无的，沁人心脾，使人沉醉。白兰花是夏季独有的味道，不可或缺的一道风景。

白兰树的叶子青绿硕大，叶片修长向上，树叶繁密，花朵细长似女子的纤腰，掩藏在绿叶之间，影影绰绰，像害羞无比的小女孩，躲躲闪闪地不敢见人。经常站在树下闻到了一股清香，仰头寻找，却寻不到白兰花娇小的身姿。

我总觉得，白兰花的香是独特的，不像桂花香甜，也不像七里香化不开的浓香，更不像栀子花“碰鼻子香”那么张扬。白兰花的香，就是那样清淡的，不急不躁的，温和清明的香，一种可提神醒脑的香味。我突然想起了林薇茵，她就是那样的女子，像白兰花香气一样的女子。

小时候，在我们村里，白兰花是高贵而神秘的，数量稀少，又高挂于树上，让人可望而不可即。每当从奶奶手里接过一朵白兰花，我总是欣喜地将它泡在陶瓷碗里，看着它静静地把房间染成了香房。

在我心里它一直高于其他的花儿，那种亲切和怀念，是因为它曾经陪伴我走过年少时光。那些散发在空气里的白兰花香气，有我故乡的味道，更有我奶奶的味道。

白兰花是我家乡的市花，但乡亲们一直把它称为玉兰花，这样的名字我们喊了许多年。玉兰，多好听的名字呀，淡雅清纯，有玉石一样的质感，如香闺中的女子，轻吐的兰香，想想都觉得美到极致。

但是，直到今年，我才知道原来真正的玉兰另有其花。

初春之际，看到好友子怡发的一组玉树银花的照片，无比惊艳，那是早春寒夜里的白玉兰，在黑夜的背景衬托下，空灵幽美，秀丽清逸，亭亭玉立。整株玉兰树，看不到一片树叶，只见繁花满树压枝低，差点以为那是假花。

子怡在甘肃秦州天水，她那里的玉兰花蕾似鸡蛋，花瓣圆厚，而潮汕地区的玉兰花却那么细长，花朵的外观和花期完全不同，为何会差别那么大呢？于是，我开始查找资料，这才发现，原来子怡家乡的满树琼花，才是真正的玉兰花。

它是一种耐寒的树木，于早春开花，花儿先叶子开放，有白玉兰、紫玉兰、广玉兰等。它是春天的使者，春天里的第一朵花，花香清馨悠远，跟梅花一样高洁清雅，不惧风霜，有顽强的生命力。

台湾作家林清玄曾经在文章中提到，他小时候和家里人经常吃花，不仅吃桂花和昙花，连朱槿花和玉兰花也吃。玉兰花不仅漂亮，还可以制作成各种美食，更有很好的药用价值，药名辛夷花。

它是一种传统的名花，芳姿绰约，有诗云：“净若清荷尘不染，色如白云美若仙。微风轻拂香四溢，亭亭玉立倚栏杆。”细看之下，白玉兰确实端庄秀丽，华而不媚。

我这才明白，原来汪曾祺笔下描述的：“白兰花花朵半开，娇娇嫩嫩，如象牙白色，香气文静，苏州姑娘常串街叫卖之。”即是我们潮汕人口中的玉兰花，它真正的名字叫白兰花，别名黄桷兰、缅桂花。白兰花不耐寒，树叶四季常绿，花儿于夏天盛放。

我说这名字奇怪了，为啥还叫黄桷兰呢？女儿在旁边接话：“您不觉得这种花枯萎时，是从边角开始变黄的吗？“我仔细回想确实如此，每一朵白兰花，都是先从边角处开始变黄，变黑，然后凋谢的，真是顾名思义。

其实，白兰花也是一种传统的名花，其美誉度一点也不亚于玉兰花。

有诗人把白兰花比喻为仙女：“轻罗小扇白兰花，纤腰玉带舞天纱。疑是仙女下凡来，回眸一笑胜星华。”诗人杨万里写过一首《白兰花》：“熏风破晓碧莲苔，花意犹低白玉颜。一粲不曾容易发，清香何自遍人间。”碧莲苔、白玉颜、香遍人间，正是白兰花特有的象征。

白兰花还是佛教的圣花之一，佛教有“五树六花”之说，白兰花是其中之一。你看，它的花朵似手掌向上合撑，真有礼佛的意思，是一种可以在佛前供奉的圣洁之花。

终于解惑了，此花虽非彼花，但它们之间其实很相似：一样的冰清玉洁，一样的高贵典雅，一样的香气怡人，一样的惹人爱怜，一样的让人欢喜。

## 秋风起，桂飘香

金秋十月，清风送爽，阳光变温柔了，秋风也有些许凉意。站在秋的季节里，微风吹动秀发，拂过脸颊，丝丝缕缕，清凉舒缓。秋风渐渐凉，秋叶慢慢黄。在这个清秋时节，剪剪秋风，飘飘落叶，橙黄橘绿，丹桂飘香，真是天凉好个秋，

春赏花，夏听蝉，冬观雪，秋天呢？秋天最惬意的是仰望蓝天。你看！多么湛蓝纯净的天宇，如洁净的湖水，蓝得温润，蓝得清澈。偶尔，也有白云走走停停，形状各异，像贴在蓝天上的剪纸，不时变幻着各种造型。望天，赏云，吹柔风，这人便醉在了这秋的氤氲里。

汉武帝刘彻《秋风辞》中写道："秋风起兮白云飞，草木黄落兮雁南归"，秋高气爽的天空，白云朵朵；地上的草木开始枯黄，大雁成群南归。文字真的非常伟大，短短的两句诗，意境优美，描绘出一幅美丽的秋日风景图：天高云淡，层林尽染，秋光无限。

在所有的季节里，我最喜欢秋天，岭南的秋天，空气干净清爽，秋风习习，舒适宜人，一点也没有北方萧瑟之气，更不像宋代诗人苏洞描

述的那样："秋风清入骨，秋树薄于云。"清入骨，薄于云，这北方的秋，该是多么寒凉凄清呀。

秋日的清晨，迎着初升的太阳，看风吹翠竹，闻风中的桂树，送来阵阵的幽香。桂花香，淡而甜，在秋风中，静静地飘来，直抵心田。秋天里，有桂香相伴，给秋增添无限清雅。

读小学的时候，我的音乐老师是一位女老师，歌声甜美高亢。那时，她教我们唱《八月桂花遍地开》。我才了解，原来这世上还有一种叫桂花的花。可惜的是，我的小村庄，一棵桂花树也没看到，不晓得八月遍地开的桂花有多美。

后来，到广西的桂林旅游时，才知道桂花是桂林的市花。城区桂树成林，随处可见，商店有各种用桂花做成的特色美食，可见桂花是桂林的名片。桂树我算是遇见了，可惜正值初夏，桂花则无缘一见，更不要说闻花香了。为了弥补这个缺憾，在旅游景点，我买了不少桂花糕、桂花饼、桂花茶带回家。赏不了桂花，却吃得了桂花，倒也是乐事一桩。

这些年，在我居住的小区里，两三棵桂树渐渐长高，细碎的小花偶尔可见，让人意外和惊喜。原来这就是桂花的模样！挂在枝头上的小花朵，朵朵淡黄，近闻之，芳香扑鼻，沁人心脾，花朵细小，却香气四溢，总算与桂花相遇了。

当秋风乍起的时候，总喜欢去看望它们，闻一闻，嗅一嗅，这桂花香便从树枝上轻轻飘来，香香甜甜的。轻轻地捡起飘零在地上的桂花，捧在手心里，夹在书页中。与其让它随风飘散，不如将它藏于书中，空闲翻书之时，桂花香和着书香，一并扑来，万般美好。

女儿放学回来，也总想去欣赏桂花，站在桂花树下，静静地看，静静地嗅着花香，秋风吹拂着她的刘海，斜阳柔和地照映在她的身上，人和桂花沐浴在秋日清风中，娇俏的脸上别样可爱，此情此景，仿佛人与桂花一样甜美。

听说桂花也是杭州的市花，在杭州的大街小巷，屋前屋后，院落之中，都可看到桂花树的身影。当秋意渐浓之时，满城尽飘桂花香，人浸润在桂花的香气中，像泡着桂花浴，想来这样的情景和感受，一定很美。以后，如果再去这些城市游玩，一定在金桂飘香的季节，漫步于林荫道上，让桂花雨轻轻地飘落，把桂香永留心间。

也向往着拥有这样的一座房子，在庭院之中，与家人一起种植一棵桂花树，最好是金桂，颜色金黄，香气浓郁。每日给它浇水，看着它逐日成长，日益葱茏；看着它长出花骨朵，开出金黄色如米粒一样的花儿；偶尔，摘下新鲜的桂花，洗净，晒干，泡在杯里，这桂花茶，芳香醉人，无比甘甜。这样的想象也许只能存于心中，拥有一座带庭院的房子，这只能是一个美梦，我想想就好。

女儿说："我们也可以在阳台，种植一棵桂花树的呀，虽然盆栽没法长高，但秋天来了，它一定也会开出桂花来的，我们便能拥有一棵属于自己的桂花树了。我们的阳台不也种植了一棵白兰树吗？夏天的时候，它不也开出五六朵清香的白兰花吗？"

那好吧，就让我们在阳台，种一棵桂花树吧！让一树丹桂在家中飘香；让桂花成为我们的杯中茶、书中香；或者，空闲之时，咱们也来一个自酿桂花酒，自制桂花糕。也许，这普通寻常的小日子，因为桂花的芳香，变得诗意无边了。

# 寒风中的三角梅

南方的冬天，晴朗多风，虽然没有北方那么肃杀冰冷，但在清寒的北风吹拂下，植物也被摇曳得黯然失色，丢了魂而纷纷黄落，仍在树上坚持的绿叶也都无精打采。然而，在这些有气无力的绿叶当中，经常可见一些人家的窗台绽放出色彩明丽的三角梅，那抹娇艳的红与紫，是这冬日里不可多得的美丽风景。

小时候，在我的家乡粤东的乡村，三角梅只养在大户人家的庭院中，或者开放于墙角上，颜色鲜艳，热烈奔放，缤纷绚烂，像是高贵的上宾，无法靠近。长大后来到了城市，发现许多家庭都喜欢在阳台种植三角梅，好像成了一个家里绿化的标配，可见潮汕人对它有多么的喜爱。

当我在城市有了自己的房子，在集市买花时，我也特地挑了一盆三角梅盆景，是深红色的，摆在家里的阳台。看着它舒展着枝叶，绿的绿，红的红，把家里装饰得亮丽多彩，心中甚是欢喜，仿佛拥有了许多幸福。

后来我才明白，三角梅原来学名是叶子花。那些颜色鲜红的花朵，其实并不是它的花，只是它的叶苞而已。真是顾名思义，薄如纸的叶片状如叶子，脉络清晰，美艳如花，因而得名叶子花；三片叶苞簇拥生长，又得名三角梅。植物的生长竟然如此神奇，它们是天地自然的产物，又像是造物主的精心杰作。

三角梅的枝条柔韧，喜欢攀爬，适合作为景观盆景，只要给它定型即可。我居住的小区楼下，花圃之中有一株圆柱似的三角梅，虽然被造了型，但初长的翠绿枝叶总不受约束，四处游走，自然生长。一簇簇紫色的叶子花素雅清新，淡绿色的花蕊点缀其间，在冬阳的辉映下，明媚得如同夏日的紫薇花。每次路过，它都摇晃着娇丽的身姿，冲我欢笑，可爱之极。

我家隔壁的楼上，主人擅长养花，她的阳台四季常青，花儿飘红，特别是她养的两株三角梅，立冬前后，枝头开出一片片橙红色的叶片，颜色不抢眼，素雅端庄，是三角梅中最好看的品种。每当我站在阳台晾晒衣服，总被它们的美愉悦了身心。

那时，清晨的空气清新地荡漾在风中，暖阳徐徐照射而来，楼上阳台伸展出来的数枝三角梅，正摇曳在窗户之外，优雅地伸向蓝布似的天空。疏枝横斜，高低不一，错落有致，绿叶烘托橙红色的叶子花如翩跹飞舞的蝴蝶，在高而远的蓝天映衬下，似一幅韵味深长的画面，生动得让人想放声歌唱。

曾经路过一家单位，门口的铁门和两侧的栅栏全爬满了紫色三角梅，灿烂绚丽，耀眼夺目。只是种了一株三角梅而已，它沿着门墙，枝藤节节往上攀爬，汪洋恣意地到处蔓延。一株花，装饰了整座院子。忍不住惊叹，这样一道磅礴大气的紫色围墙，豪华却有些小清新，婉约灵动，使那些冰冷坚硬的建筑物，有了温度和诗意，变得柔软浪漫。草木的力量是多么神奇又震撼人心，人间因为有了它们增绿添彩，而变得温馨祥和。

张若虚有诗云：“含蕊红三叶，临风艳一城。”诗人对三角梅的赞美跃然纸上，一点也不为过。三角梅虽不是名贵的花，却有独特的个性，有旺盛的生命力，敢于追求自由，不张扬，不奢华，能屈能伸，可以沐浴在明媚的春光里，也能隐忍于寒风中。无须肥沃的土壤，只要有阳光和雨水即可无限生长，红艳一座城。

穿梭在城中小巷，不时有落叶在空中画着优美的弧线缓缓飘落，前面一座旧房子的墙头上，三角梅开得热情似火，碧枝红叶，像阳光般灿烂的笑脸，迎面扑来。我不自觉地嘴角轻扬，心中升起暖意，寒冬的冷气刹那消散，惆怅的情绪也没了踪影。

不禁感慨，南方的冬天虽不见北国傲霜的红梅，然不必遗憾，墙头数枝三角梅，一点也不逊色，它们便是这南方冬日里的一缕诗魂。不是梅花，胜似梅花。

## 落地生根

在我的阳台，有两株碧绿青翠的植物，它们有一个很动听的名字：落地生根。我很喜欢这些植物，特别是名字，轻轻从嘴里吐出，就带着一种坚定的力量。铿锵有力，掷地有声，透着生命的厚重感。

它们有坚韧旺盛的生命力，极易生长，绿意盈盈，清新风雅。

有一次，教女儿古筝的李老师知道她喜欢植物，就送了她两颗小绿芽，说直接放入花盆中，记得浇水，不久会长出一株漂亮的绿植出来。

那时，它们刚从妈妈身上宽厚的叶子边缘脱落下来，鲜翠娇嫩，像是缩小了千万倍的微型小树，细小得两个手指一起夹都无法捏住，放在手心里用嘴稍微一吹，就轻飘飘地随风飞落，是多么微弱又可爱的小生命。

这两颗小绿芽就是落地生根的种子，我们把其安放在花盆里，但它们实在太小了，总是站也站不稳，每次洒水，就漂浮起来，直接睡在泥土上。我总担心它们因无法扎根而失去生命，然而我的担心是多余的，不久之后，它们的底部开始生出根须，自己钻进了泥土里，小身子也硬朗起来，叶子在空气中欢快地呼吸，渐渐茁壮成长了。

落地生根，名副其实，见土生根。它们从一出生，就在寻找土地，像小牛在寻找母亲的乳头一样。土地的养分就是它们所需的奶汁，一旦落地，生命就有了依托，有了自由生长的力量。

花盆里的落地生根一天天地拔高，开枝散叶，丰茂成一棵小树木。叶子变得越来越厚实，绿油油的，葱郁秀碧，浑身洋溢着青春的气息，似少女般的水嫩，也有少年阳刚之壮实。

我惊叹于这样的绿，自然的绿，新鲜的绿，温润的绿，深邃的绿，憨厚朴实的绿，直达心扉的绿。蓬勃而轻盈，折射出生命的质感和底色。

有一天，这些绿得耀眼的叶片上，两侧的边缘不断萌生一棵棵小如米粒的绿芽，并且逐日长高。它们站立在妈妈的肩膀上，威风凛凛，像两排绿色的防护林，守护着温暖的家；也像一群尽忠职守站岗的小哨兵，整整齐齐，规规矩矩，可爱之极；远远望之，又如同一群绿色的小蝴蝶，扇动翅膀展翅欲飞。

落地生根与众不同之处，就在于它们这种传播方式，种子全都长在叶子两边的锯齿上。我用手轻微抚摩之时，小绿芽纷纷脱落，不得不想方设法安置这些小生命。

一批又一批的小绿芽，不断地从落地生根的叶子上冒出来，又在不为人知的某个深夜里，悄悄滑落。有的落在花盆中，有的散落到阳台外面的草地上。总之，它们很独立，到了该离开妈妈的时候，全都意志坚决，勇敢地开展各自的新生活。

不管前路光明还是黑暗，顽强生长、落地生根，是它们毕生的使命。

渐渐地，落地生根越来越老了，叶子枯黄干瘪，纷纷黄落。我以为垂垂老矣的它不可能再长绿芽了，然而，底部的叶子老去，顶端又长出新的枝叶，照样发芽，一样青绿。看来，不耗干自己的全部热能，它定是不肯服老了。

一息尚存，奋斗不止。落地生根的一生，难道不就是人一生的写照吗？

我奶奶的一生，我父亲的一生，黄土地上每一个平凡的人民，都是一株坚强隐忍的落地生根。

我也要像一棵落地生根一样，在春风微拂的季节，把根须伸进脚下的土地，在泥土的芳香中，接收自然的阳光和雨露，汲取大地的营养和水分，长成一棵清润葱茏，挺拔翠绿地落地生根。

绿，就那么从容地绿着，直至苍老。

## 像葱一样生活

去菜市场买菜时，我总忘不了交代菜贩，记得送我几根香葱。卖菜的一听，经常这样回我："不用交代，会给的，没有葱怎么做好菜呀！"于是我们都相视一笑，彼此心照不宣，明白要做好一餐饭，一定少不了葱这样百搭的调味品。

葱的历史非常悠久，据说神农尝百草发现葱这种食物，将其当作日常生活的调味品，因此葱有"和事草"的雅号。葱确实性格好，不论对方啥来头，一律友好对待，鱼也喜欢，肉也合味，甚至瓜果蔬菜也能和睦共处。真像大海一样，海纳百川，有容乃大，这点怕是其他蔬菜都不如它吧。

多年以来，我已经养成了这样的习惯，除炒青菜之外，其他菜肴必加入香葱来调和。比如蘑菇炖鸡，如在汤里撒些葱花，这汤就会香美无比；红烧鱼更需要香葱，葱可以去腥味，提升鱼肉的清鲜；清炒南瓜时，等南瓜将熟之至，撒入葱花，葱的香味渗入南瓜的汤汁里，使南瓜味道更加香甜。

炒田螺和贝壳，除了加入植物金不换和辣椒同炒，葱也是必下的，没有了葱的调剂，这道菜会逊色良多。每年的夏季，海里的薄壳正是当时，薄壳即是海瓜子，壳薄肉美。菜市场有除壳后的薄壳肉售卖，我最喜欢买回家后，清水冲洗后晾干，与蒜泥和葱花炒之，那味道鲜美异常，胜过鱼翅和鲍鱼，是最佳的下粥菜，往往喝三碗白粥仍不觉饱。

在一个炒锅里，豆腐和香葱相遇了，那绝对是天赐的良缘，白的白，绿的绿；白的淡，绿的香。盛放在盘子中，模样好看，滋味悠长。

葱在生活中的应用，可谓非常广泛，比如北方的葱油饼，味道极香，每回去北方菜馆吃饭，必吃两张葱油饼。小时候吃过一种香葱饼干，是那个年代最美味可口的食物。面粉、鸡蛋、香葱一起制作烘焙的咸饼干，有蛋香味和葱味，是一种停不下来的零食，那时我绣花赚来的一点小零钱，都换成香葱饼干，给吃掉了。

葱真是大自然赐予我们的宝贵食材，它给每一道主菜添香加味，毫无怨言。在众多的蔬菜中，它是角落里默默无闻最不起眼的青菜。它虽不是餐桌上的主角，却像极了小姐闺房里的贴身丫鬟，没有了它，餐桌上的每一场戏都无法精彩上演，美丽的小姐也不可能得到英俊书生的欣赏。

香葱是一种渺小而坚韧的植物，极易种植，我在阳台的花盆里种了几根小葱，原以为随手一栽，种着玩玩而已。不承想，有一天它竟然绿意葱茏地荡漾在花盆中。青葱葱的绿，绿莹莹的绿，细细长长的一身绿衣裳，飘在风中，袅袅婷婷的，那么美，那么雅。

读到白居易的一首《筝》的古诗：“云鬟飘萧绿，花颜旖旎红。双眸剪秋水，十指剥春葱。”这是描写一个如鲜花般的美丽女子，用她的纤纤玉手在弹奏古筝，双眼明亮顾盼生辉，弹筝的十指如刚剥开的春葱一样嫩白。

葱生长于春天，翠绿鲜嫩，葱头是白色的，葱的上半根剥开如象牙白，那是一种水嫩的白。正当年华的女子，十指似春葱，这是多么形象绝妙的比喻。又如《孔雀东南飞》里有“指如削葱根。”宋代的欧阳修有诗曰：“玉指纤纤嫩剥葱”。想想看，这样一双似葱一样嫩白的玉手，在古筝的琴弦上来回流动，该是多么美妙的场景。

葱普通而平凡，却备受人们的青睐，它上得了豪华的餐桌，也入得了寻常百姓的厨房；葱低调而内敛，从古至今，却有许多的文人墨客为它写诗赋词，它用清清爽爽的绿与白，谱写了许多名诗和佳句。

我想人生最理想的状态是：像一棵葱一样生活，过葱葱郁郁的日子。也许有人会说：“你算哪根葱！”我只要是一棵普通的葱即可，随地生长，有坚强随和的性格，有葱绿的模样，有葱白的心灵，还有葱一样的味道。

# 村庄从草叶尖上醒来

清晨醒来，小鸟们在窗外的树梢上叽叽喳喳闹个不停，啁啾啾——嘀哩哩——音色多变，悠扬悦耳。遂想起作家周华诚在《草木光阴》一书里描写的一段文字：“鸟鸣婉转多变，且是彩色的，文字描述起来捉襟见肘，令人着急。”细细体味，这燕语莺声果真难以形容，不禁莞尔。

书桌上这本《草木光阴》我已经反复读了好几遍，一直意犹未尽，不时翻阅，总有感悟。有质感的封面、安静灵动的文字、稻田里流动的四时光阴、对大地万物的款款深情、一幅幅清新的乡间水墨画，无一不勾起我心中尘封的乡愁。那些遥远的童年岁月，田野中父老乡亲辛勤劳作的画面，渐渐明朗清晰。周华诚在文章里说：“谨以此书献给我的父母，以及每一位离开故乡的孩子。”我顷刻暖了心，捧着这本书如获至宝。

离开故乡已有多年，我像千千万万的孩子一样，外出求学和工作，然后定居城市，便再也回不去了。不知不觉中把故乡远远地抛在了脑后，渐渐漠视那个生养我们的小村庄，还有即将荒芜的田野。我们和父辈们赖以生存的土地，究竟是从什么时候开始，就再也不需要它了呢？

现在的乡村田野，不是荒草萋萋，就是留守老人亲手种下的青菜和水果。我问乡亲为何不种水稻了，他回答：“商店买大米很方便，水稻种起来麻烦，还花力气。”

每一个人的故乡都在沦陷，每一座村庄都寂静得可疑。古诗里描写的“斜阳照墟落，穷巷牛羊归。”“田夫荷锄至，相见语依依。”这样的情景，在乡村已经不复再见，同样消失的还有成片的水稻田。“青箬笠，绿蓑衣，斜风细雨不须归。”这种画面只有古诗里才有了。

我已经忘了细腻的泥水在趾间滑动的感觉，弯腰插秧时退步原来是向前，低头有云在水中游，抬头有纯净湛蓝的苍穹；我也忘了镰刀的模样，忆不起阳光下稻谷的清香、赤脚在田埂间采摘野草野花的欢愉、还有萤火虫忽明忽灭的黄昏；我甚至忘了父辈们收获一粒稻谷、一把青菜时的喜悦，还有他们辛苦劳作的意义。

我遗忘的这些情节，在周华诚的书里一一在呈现。《草木光阴》里的每一篇文章，都是一首深情悠远的田园牧歌，篇幅不长，处处留白，却给人无限的想象空间。这些满含乡愁温暖的文字，唤起了人们对于故乡的记忆、对土地的敬畏和感恩、对一粒米一碗饭的珍惜、躬身耕种的乐趣、还有对乡野生活的诗意向往。平静的文字里，蕴含着震慑人心的力量；恬淡细腻的描述，即是王维、范成大田园诗歌的再次续写。

周华诚的家乡在浙西衢州，远离故土多年以后，他再次返乡种田，因为他说：“我的根，还在故乡。”他和父亲一起种植水稻，做一名田园生活的践行者，把“父亲的水稻田”打造成了一个 IP，他说：“故乡不只是用来怀念的。一块田地，能带给你的，远比你想象得要多。”这样的人和理念值得敬重。

生活在城里的人们，对于四季的感知是粗糙的，而田野里的四季，却是那么分明清楚。周华诚眼里的春天是热闹又安静的：“山坡上春意渐浓。层层叠叠深深浅浅的绿色，摊开在山野。各种各样的野花，呼啦一下冒出来。”“山泉水的声音，不知道从什么地方传来。云雀在远远的地方叫着，声音传出很远。我忽然觉得心里安静——安静极了。”

“村庄是从草叶尖上醒来的。”读到这句话之时，我的心忽地就柔软了。

他的文字清新风雅：“天光，倒影，鸟鸣，蜻蜓飞。我一个人在田间插秧。一行一行青秧插到田间，就好像把一行一行文字写在纸上。”

稻田里的每一项劳动，在他的眼里都成了诗，他这样形容耕田：“耕田是一种技术，更是一门艺术。田如纸，犁似笔，水就是墨，那牛与人一起，挥毫泼墨。他们来来回回，在一方画纸上绘出自己的作品。”

周华诚对待文字，就像他对待土地一样诚恳，每一个字都干净清澈，简静入心，读着、读着，一颗浮躁的心立刻安静，仿佛置身于田野乡村青葱安宁的气息里。

他的语言风趣诙谐：“稻田是一个丰富的世界：有小雀会在稻田边做窝，也有老鼠会在田埂边做窝。小雀的窝往往才开工不久，只有一个雏形，它却飞走了，留下烂尾楼”。

他描写初冬的田野：“田野里渐渐地归于一片沉寂。”虽是短短的一句话，却画面感十足：秋收结束，稻谷归仓，田野空旷，寂静无声。

他说：“和草木在一起待久了，语言会变得多余，语速和行动会变得缓慢，脸上也就慢慢有了植物的神情，拥有了一脸的自信和淡然。”我想起了还在务农的小叔父，他的脸上就有植物自然的神情。

光阴无限流转，草木依旧有情。我们在土地里种下的每一粒种子，它都会静静地给你回报。

周华诚认为：“米饭应该得到尊重和敬畏，静静地吃一碗米饭，是一件多么平凡却重要的事。”能说出这样话语之人，他是真正的农民。只有认真在田野里挥洒汗水的人，才能懂得一粒米的珍贵，才会明白“锄禾日当午，汗滴禾下土。”的艰辛。

书中的《村庄的黄昏》，获得了“第二届三毛散文奖”。这是一篇厚重而引人深思的文章，周华诚通过父亲、耕田佬马岳云、木匠小舅他们的故事，展现了农村这二三十年里生活的变化，读来让人唏嘘不已。或许这是历史发展的必然过程，是时代车轮向前奔跑时，必须经历的疼痛，因为谁也无法阻止农村走向萧条。

但是，周华诚却试图唤醒我们对故土的珍惜，他告诉我们：不能忘了本，人类心灵的栖息地，我们的诗与远方，永远不可能在城市，而是在山野和田园。

他说：“一个农民的一生，耕种次数其实是有限的，一个人活到80岁，也就看到160次水稻成熟而已。”我想起了我的父亲，毕生的精力都在田野里忙活，种植水稻曾经是他的专长，可是他只活了50多岁，他看到水稻成熟的次数又能有多少次呢？我不禁潸然泪下。

周末，我和读三年级的女儿，一起翻看《草木光阴》，在诗意的文字和空灵的画卷里，感受缓慢流动的乡野气息，仿佛隔着纸也能闻到草木的芬芳。女儿说：“妈妈，我们也去种田吧！”

周华诚说：“一个孩子，如果童年能够在乡下度过，能和大自然亲密地接触，经常与草木山野、飞鸟昆虫打交道，那是多么幸福的一件事。他会在与大自然的接触中，学会珍惜周遭事物，学会万物平等，学会用心去体会万物生长的规律。”

所以，这不仅是一本成年人的书籍，更是一本适合孩子们阅读的好书。

## 草木滋味里深藏刻骨的乡愁

“我们每天生活在喧嚣的世界里，多么向往寂静。然最大的寂静，应该包括——虫鸣，水流，鸟语，花开；以及——树叶坠落割开空气，坚果落地震动山谷，空山人语响，远寺钟声慢；还应该包括——炊烟直上，雾渐起，蝴蝶扇动翅膀，小鹿蹑脚走，太阳下山，狐狸精在书页间徘徊。”

这段安静隽永的文字来自作家周华诚《草木滋味》一书，读来意味深长，如醍醐灌顶。文字静静地躺在书页上，每一个字却如此熨帖人心。默读之，心静了，时光仿佛回到了木心的从前慢。这不正是我们所向往的寂静吗？

山路风来草木香，草木当然不在喧嚣的城市，它一直在山野中，有山风盈袖、有落叶飘飘、有桃花溪流淌过家门口、有如小学同学一样失踪多年的地稔和野草莓、有忙着数水滴的石蛙、有棕鱼和端木煎、有负责聆听月季花拒绝一只蜜蜂时羞涩声音的地耳、还有比人更懂得一枚果子香甜的虫子……，所有的这些只有乡村田野才有，只有我们灵魂的故乡才会有。这是一本优美怀旧的散文集，一切都指向我们的根——故乡。

这本书分为五个部分，目录诗意动人：草木生、南方书、流浪帖、烟火集、灶下语，单看这些目录，就让人觉得滋味悠长。记录的是故乡草木瓜果的温情、一蔬一饭里的小时光、还有童年纯真美好的慢镜头；既有人间烟火气息，又有只可意会不可言传的思乡愁绪，还有美食指南和草木科普。不但可以治愈你的乡愁，还能长植物常识。

周华诚的故乡有四香，很令人陶醉。春夜十一时，雨中柚花的香；夏日清晨八时，田野上空的稻花香；秋天晨间，井下五尺，泉水香；冬日黄昏，蜡梅枝上，雪花香。

周华诚说要把故乡的四香精装打包送给我们，我们只要闻一闻，就会懂得他，也会醉在他的故乡里；他说若要远行，也会打包这一套香，因为可以治思乡之疾。

我沉醉在他的文字世界里，也深深懂得了他的故土情深。

他的文字绵柔，漫不经心，简淡清雅，一气呵成，娓娓道来，即成一篇佳作。有太极拳的柔美，看似柔弱无力，实则暗含千斤力量，可以撼动我们的心灵；亦如茶的回甘，喝后清润甘甜，回味悠长。

文字可以看出一个人的性情，他一定是一个朴实温和、心思细腻、观察力敏锐、想象力丰富的人；他是美学家，热爱生活和自然，有草木一样的神情，有山野一样的情怀。

喜欢一个人，就会想看一看他的小时候，周华诚的童年是怎么度过的呢？这个少年一定是很忙的，忙着采野果：地稔、板栗、果公泡、山楂、茶泡、乌胖子、牛卵训子、乌桃、苦槠。原来野果子也是有名字的。他还要忙着抬头看梨花、忙着在桃花溪里捡青蛳、忙着在木子树下观察小鸟……然而，这些寂静的岁月呀，就像青春小鸟一样，不翼而飞了。

少年长大后到了城市定居，遍尝了各地美食之后，让他念念不忘的，却是妈妈在灶间用木柴煮出的白粥，他可以从炊烟里闻出木柴的属性：

是用干透的松木煮的，还是用刚砍不久的毛竹，还是橘子树枝。这样的一碗小白粥，该是多么暖心的人间至味啊！

南方书里的远人兄，是定居于都市里的你和我，我们都是有故乡的孩子，可是却只能住在高楼林立不着土地的家里，阅读周华诚寄来的书信，被那些鲜美的食物，馋得饥肠辘辘的，口水流了一地，泪水滑过指尖。多年以来，我们早已忘记那些有黄瓜味的黄瓜，有橘子味的橘子，更不懂得还有紫苏的紫、紫苏的苏。

周华诚的家乡浙西南，有很多语言和行为习惯和我们粤东类似：比如灶下这个朴素的称呼，非常暖心，乡下人家的厨房，我们也称为灶下、灶间；山上的野果子用嘴吹一吹就可以吃了，孩子摔倒了，用嘴吹一吹就没事了；瓜果的皮可刨的都叫作壳。

读周华诚的文章，总不自觉地想起汪曾祺，他擅长写人间草木，写家乡美食，还有各地的饮食文化，文风质朴恬淡，是我非常喜欢的作家之一。但两者一对比，我更偏爱周华诚的文字，因为他的文章中多了一丝柔美、一份灵动、一点静谧、一颗童心。

夏日，带上《草木滋味》这本书，坐在老屋后山坡的杧果树下，山风吹来野草的清香，树木在阳光下沉沉低语，“啪”的一声，熟杧果突然从树上掉下来，正落在书页上。草木香，野果香，还有墨水香，这真是世间最纯正的滋味，清润而悠远。

# 后记　在跋涉中前行

奶奶曾经对我说过，当我还是一个小姑娘的时候，有一天父亲很高兴地跑来告诉她，说是给我算了命，算命先生说，这孩子长大后不用种田，靠一支笔生活。奶奶说，父亲说这句话的时候，脸上洋溢着幸福且欣慰的神情。

那时，奶奶告诉我这件事的时候，她的脸上也是笑眯眯的，一脸高兴的样子。

但是，当年少的我失去父亲的时候，我才知道生存是艰难的。铺展在我面前的道路那么窄小，除了家乡亲人的关爱，以及一间矮小垂暮的老屋之外，我已经一无所有。

没有父母的雏鸟只能自己学会飞翔，筑巢，觅食；没有避风港的孤舟，只能选择在海面上扬航，迎风，破浪，博弈。

仿佛瞬间被迫长大，我要在懵懵懂懂的年龄，学会面对残酷的现实，思考怎样养活自己。忽然就看清了生活的真相，生命苍凉的底色如此刺痛人心。

16岁的花季，本应该快乐地躲在父母的羽翼下，编织梦的衣裳。而我，迎来的却是湿淋淋的雨季，独自迎风沐雨，独自瑟瑟发抖地走上一条崎岖不平的荒野小路。

我在这条路上孜孜不倦地跋涉和学习。我告诉自己一定要坚强，远方的风景姹紫嫣红，芳草鲜美，只要努力，即可抵达。可是，当我落地生根之后，却发现我的内心依然一无所有，空空落落，无依无靠。

多年以来，为了生存，我被命运裹挟着向前奔跑，一路跌跌撞撞，耗尽了最好的青春年华。但我又隐隐觉得，人生应该有那么一条路，可以抵达自己梦想的彼岸。除了好好地生活，我应该还能做一些比生活还要高级的事情，融入生活，而又高于生活。

为了寻找这样的一条理想之路，多年以来，我寻寻觅觅，只为了瞧见那样的一道曙光。

当我看到这道光芒的时候，已经满脸沧桑。原来跋涉而到的路口，只是另一条路的起点，而这仍是一条囧途，荆棘密布，坑坑洼洼，没有终点。

我终于明白，人生的道路只是一段又一段需要跋涉的道路。每一段路程，都会有它坚持的理由和选择的方向，它定是循着自己的初心。

文字赋予生活以美好的想象，还原我们的记忆，抹平过往的伤痕，使普通的日常变得诗意美好，也使那些被我们忽略的感动和细微的事物，变得立体感人。琐碎里有美好，悲伤里有温情，这才是一个人应当度过的一生。

文学为我的心灵打开了一扇窗，通向无边无际的远方。使我觉得，过往的苦痛，那些深夜流泪的无助、彷徨和孤独，都是为了今天的遇见。

我庆幸自己来自农村，拥有乡村生活的切身体验，这是一笔丰厚的财富。我在文字中，寻找心灵的故乡，重现童年的生活画卷，展现乡野真实生动的情景；我甚至让我逝去的亲人活在了我的文字中，得到了安息。

这或许就是我写下这本书的初衷和意义。

我曾经一度憎恨自己的家乡，埋怨它带走了我的至亲。我认为我苦难的生活是从那里开始的，那里是我一切悲伤的源泉。有好多年的春节，我不敢回到故乡，我害怕村里节日的欢乐和我的落寞格格不入。

这些年，因为走上文学创作之路，我一次次地重返故乡，心里的怨恨和害怕逐渐消逝，更加热爱那座生养我的小村落。我不再觉得自己是一个漂泊者，而是一个根基牢固的有故乡的人。

写作，是一个寻找自我，回归生命本源的过程。

在跋涉的人生路上，我终于抵达自己的灵魂深处，用文字作为支点，撬动一个崭新的世界，过上自己喜欢的生活。

我将终生跋涉，在文学的路上。